오즈의 마법사

THE WONDERFUL WIZARD OF OZ

L. 프랭크 바움 지음

공경희 옮김

현대문학

| 차례 |

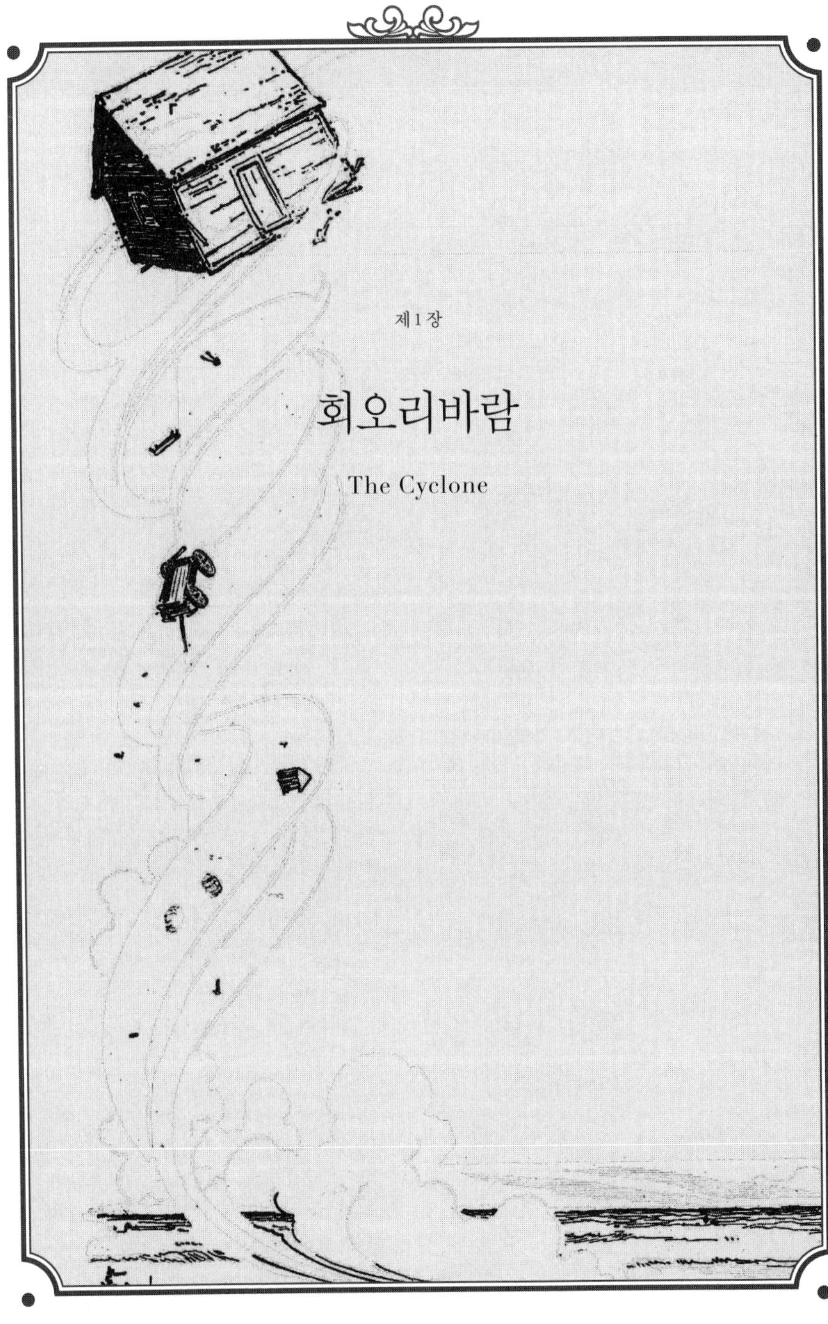

회오리바람

The Cyclone

도로시는 캔자스 대평원 한가운데서 농부인 헨리 삼촌, 엠 숙모 부부와 함께 살았다. 그들의 집은 작았는데, 집 지을 나무를 멀리서 마차로 실어 날라야 했기 때문이었다. 네 벽과 바닥, 지붕이 방 하나를 이루었고, 그 안에 녹슨 요리용 난로, 접시를 넣는 찬장, 식탁 하나와 서너 개의 의자 그리고 침대가 놓여 있었다. 헨리 삼촌과 엠 숙모는 한쪽 구석의 큰 침대를, 도로시는 다른 쪽 구석의 작은 침대를 썼다. 다락방도 없고 지하실도 없었다.

다만 바닥에 작은 구멍이 파여 있었는데, 그곳은 어떤 건물이라도 무너뜨릴 만큼 거센 회오리바람이 불어올 때 몸을 피하는 '회오리바람 대피소'였다. 바닥 중앙의 뚜껑문을 열면, 검은 구멍으로 내려가는 사다리가 나타났다.

문간에 서서 주위를 둘러보면 어디나 온통 잿빛 초원뿐이었다. 사방으로 하늘 끝자락에 닿을 때까지, 그 평지에는 나무 한 그루, 집 한 채도 없었다. 애써 갈아놓은 땅은 뙤약볕에 잿빛덩어리로 변하고, 군데군데 땅바닥이 갈라졌다. 풀잎마저 초록색이 아니었다. 긴 풀잎 끝이 햇볕에 타서, 도처의 잿빛과 똑같은 색으로 변해 있었다. 집에 칠했던 페인트도 햇볕에 기포가 생기면서 빗물에 씻겨 내려갔다. 이제 집도 주변처럼 우중충한 잿빛이었다.

처음 그곳에 와서 살았을 때, 엠 숙모는 예쁘장한 새댁이었다. 그러나 햇볕과 바람에 그녀도 변하고 말았다. 눈에서 반짝임이 사라지고 어두운 잿빛만 남았다. 뺨과 입술도 발그레한 기운이 사라지

   The Wonderful Wizard of OZ

고 역시 잿빛으로 변했다. 숙모는 몹시 수척했고, 이제는 전혀 웃지 않았다. 고아인 도로시가 처음 왔을 때, 엠 숙모는 아이의 웃음소리에 너무 놀라 그녀의 즐거운 소리가 귀에 쨍쨍 울릴 때마다 비명을 지르며 가슴팍을 손으로 눌렀다. 그러고는 어디서 웃음거리를 찾아낼까 하는 의아한 마음으로 소녀를 바라보았다.

헨리 삼촌 역시 웃는 법이라곤 없었다. 그는 아침부터 밤까지 열심히 일했고, 즐거움이 뭔지 몰랐다. 그 역시 긴 수염부터 투박한 장화까지 온통 잿빛이었다. 그는 엄격하고 진중한 모습이었고, 입을 여는 일이 별로 없었다.

도로시에게 웃음을 주고, 그녀가 주변 환경처럼 잿빛으로 변하지 않게 해주는 것은 토토뿐이었다. 토토는 잿빛이 아니었다. 토토는 작고 검은 개로, 부드러운 털이 길게 자라 있었고, 우습게 생긴 조그마한 코 양옆에 박힌 작고 검은 두 눈은 즐겁게 빛났다. 토토는 온종일 놀았고, 도로시는 그런 토토와 놀았다. 소녀는 토토를 무척 사랑했다.

하지만 오늘은 둘이 놀고 있지 않았다. 헨리 삼촌은 현관 앞쪽 계단에 앉아 초조하게 하늘을 바라보았다. 하늘은 평소보다 훨씬 짙은 잿빛이었다. 도로시도 토토를 안고 문간에 서서 하늘을 보았다. 엠 숙모는 설거지를 하는 중이었다.

멀리 북쪽에서 바람이 흐느끼는 소리가 들렸다. 삼촌과 도로시는 폭풍우가 밀려오기 전의 파도처럼 고개를 숙이는 긴 풀잎들을 볼 수 있었다. 곧이어 남쪽 하늘에서 씽 하는 날카로운 소리가 들렸고, 그쪽으로 눈을 돌리자 거기에도 넘실대는 풀잎들이 보였다.

헨리 삼촌이 갑자기 자리에서 일어났다. 그가 아내에게 소리쳤다.

"회오리바람이 오고 있어, 엠. 나는 가축을 단속하러 가겠소."

그는 젖소와 말이 있는 헛간 쪽으로 달려갔다.

엠 숙모가 하던 일을 놔두고 문으로 나왔다. 그녀는 한눈에 위험이 닥쳤음을 알아차렸다.

"서둘러라, 도로시! 지하실로 뛰어가!"

숙모가 소리쳤다.

토토가 도로시의 품에서 뛰어내려 침대 밑에 숨었고, 도로시는 개를 붙잡으려 했다. 숙모는 잔뜩 겁을 먹고는 방바닥의 뚜껑 문을 열고서 작고 어두운 구멍으로 내려갔다. 마침내 토토를 붙잡은 도로시는 숙모를 뒤따르기 시작했다. 그녀가 방의 중간쯤에 이르렀을 때 날카로운 소리를 내며 바람이 불었고, 집이 크게 흔들렸다. 그 바람에 도로시는 중심을 잃고 바닥에 털썩 주저앉았다.

그때 이상한 일이 일어났다.

집이 두세 차례 휘휘 돌더니 서서히 공중으로 솟구쳤던 것이다. 도로시는 마치 풍선을 타고 올라가는 듯한 기분이었다.

집이 자리한 곳에서 북풍과 남풍이 서로 마주쳐, 그곳을 회오리바람의 핵으로 만들었다. 회오리바람의 중심부는 보통 잠잠하지만, 집 전체가 바람의 압력을 받아 점점 더 높이 올라갔다. 그러다가 결국 회오리바람의 맨 꼭대기에 이르렀고, 그 상태로 마치 깃털처럼 아주 멀리멀리 날려갔다.

무척 어두웠고 주위에서 무시무시한 바람소리가 들렸지만, 도로 시는 자신이 꽤 수월하게 떠가고 있음을 알았다. 처음에 몇 차례 빙 글빙글 돈 이후로는 집이 심하게 휘청거릴 때에도 마치 누군가가 요람을 흔들어주는 것 같은 느낌이었다.

토토는 이 상황이 마음에 들지 않았다. 마구 짖어대면서 여기저 기 방 안을 뛰어다녔다. 반면 도로시는 바닥에 가만히 앉아 무슨 일 이 닥칠지 기다렸다.

한 번은 토토가 열려 있는 뚜껑 문에 가까이 다가갔다가 아래로 떨어졌다. 처음에 도로시는 개를 잃고 말았다고 생각했 다. 하지만 곧 구멍으로 쑥 튀어나온 토 토의 귀를 발견했다. 강한 기압이 밀어

올린 덕분에 개가 아래로 떨어지지 않은 것이었다. 도로시는 구멍으로 기어가서 토토의 귀를 붙잡아 다시 방으로 끌어올렸다. 그런 다음 다시는 사고가 일어나지 않도록 뚜껑 문을 닫았다.

시간은 계속 흘렀고, 도로시는 차츰 두려움을 극복했다. 하지만 너무나 쓸쓸했고, 바람이 어찌나 날카롭게 불던지 귀가 먹을 지경이었다. 처음에는 집이 다시 떨어져 몸이 산산조각이 날까봐 걱정스러웠다. 하지만 시간이 흘러도 무서운 일이 일어나지 않자, 도로시는 걱정을 접고서 어떻게 될지 차분히 기다려보기로 했다. 마침내 도로시는 흔들리는 바닥 위를 기어가 침대 위에 누웠다. 토토도 따라와 도로시 곁에 누웠다.

집이 흔들리고 바람이 울부짖었지만, 도로시는 곧 눈을 감고 잠에 빠졌다.

The Wonderful Wizard of OZ

제 2 장

뭉크킨들과의 만남

The Council with the Munchkins

도로시는 알 수 없는 충격에 정신을 차렸다. 너무 갑작스럽고 격심한 것이어서 폭신한 침대에 누워 있지 않았더라면 다쳤을 것 같았다. 실제로 충격 때문에 숨이 막혔고, 무슨 일이 생긴 건지 궁금했다. 토토가 차가운 코를 도로시의 얼굴에 대면서 서글프게 낑낑댔다. 도로시는 바로 일어나 앉았고, 집이 더 이상 움직이지 않는다는 것을 알아차렸다. 창문으로 환한 햇살이 들어와 작은 방을 가득 채우고 있어 집 안이 어둡지도 않았다. 도로시는 얼른 침대에서 내려와 뛰어가서 문을 열었다. 토토가 소녀를 뒤따랐다.

도로시는 탄성을 지르며 주위를 둘러보았고, 굉장한 광경에 그녀의 두 눈이 점점 더 휘둥그레졌다.

회오리바람이 집을 부드럽게 내려놓은 곳은, 놀랍도록 아름다운 나라의 한가운데였다. 사방에 파란 잔디밭이 아름답게 펼쳐져 있었

고, 곧게 뻗은 나무들에는 탐스러운 과실이 매달려 있었다. 예쁜 꽃밭이 사방으로 펼쳐지고, 보기 드문 화려한 깃털을 가진 새들이 나무와 잡목 사이에서 노래하며 날개를 퍼덕였다. 조금 떨어진 곳에서는 반짝이는 작은 시내가 초록색 강둑 사이로 졸졸 소리를 내며 흘렀다. 오랫동안 메마른 잿빛 대초원에서 살았던 소녀에게는 아주 듣기 좋은 소리였다.

도로시가 이 낯설고 아름다운 광경을 열심히 쳐다보고 있는 사이, 생전 처음 보는 이상한 사람들이 그녀에게 다가왔다. 도로시가 지금껏 보았던 어른들과 같은 체구는 아니었지만, 그렇다고 아주 작지도 않았다. 사실 그들은 도로시만 했다. 도로시는 나이에 비해 큰 편이었다. 그들의 키가 도로시와 비슷하긴 했지만, 겉모습으로는 훨씬 나이 들어 보였다.

일행은 남자 세 명과 여자 하나로, 모두 이상한 차림새였다. 둥근 모자는 머리 위로 30센티미터쯤 솟아 있었고, 챙에는 작은 종들이

     The Wonderful Wizard of OZ

달려 있어서 그들이 움직일 때마다 예쁜 소리를 냈다. 남자들이 쓴 모자는 파란색이었고, 작은 여자의 모자는 흰색이었다. 그녀는 어깨에 주름이 잡힌 흰 드레스를 입었고, 주름 위쪽으로 작은 별들이 햇살을 받아 다이아몬드처럼 빛났다. 남자들은 모자와 같은 색의 파란 옷을 입고, 윗부분이 파란색인 반들거리는 부츠를 신었다. 도로시는 남자들이 수염을 길렀기 때문에 헨리 삼촌과 비슷한 나이일 거라고 생각했다. 하지만 작은 여자는 언뜻 보기에도 훨씬 나이 든 모습이었다. 얼굴은 주름투성이였고, 머리는 하얗게 세었으며, 걸음걸이가 뻣뻣했다.

그들은 도로시가 서 있는 집에 가까워지자 더 다가가는 것이 두려운 듯 멈춰 서서 소곤거렸다. 하지만 작은 노파가 도로시에게 걸어와 머리 숙여 인사하며 상냥한 목소리로 말했다.

"뭉크킨의 나라에 오신 것을 환영합니다, 가장 귀한 마법사여. 악한 동쪽 마녀를 죽이고 우리 국민을 속박에서 풀어주심에 감사드립니다."

도로시는 이 말을 듣고 놀랐다. 마법사라니, 이 사람은 무슨 말을 하는 걸까. 또 도로시가 악한 동쪽 마녀를 죽였다니? 도로시는 순진하고 나쁜 짓을 하지 않는 소녀였으며, 회오리바람에 실려 집에서 멀리 날아왔을 뿐이었다. 또 지금껏 누굴 죽여본 적은 한 번도 없었다.

하지만 작은 여자가 자신의 대답을 기다리고 있었으므로 도로시는 주저하며 말했다.

"아주 친절하시네요. 하지만 뭔가 잘못되었나봐요. 저는 아무도 죽이지 않았어요."

여자가 웃으며 대답했다.

"어쨌거나 당신 집이 그랬으니, 그게 그거지요. 보세요!"

그녀는 집의 한쪽 구석을 손으로 가리키며 말을 이었다.

"마녀의 두 발이 나무 받침 밑으로 나와 있네요."

도로시는 겁에 질려 비명을 질렀다. 거기, 집을 떠받치는 큰 기둥 밑으로 코가 뾰족한 은 구두를 신은 두 발이 튀어나와 있었다.

"어머나, 이런! 집이 저 사람 위로 떨어졌나봐. 어쩌면 좋죠?"

도로시는 걱정스러워서 양손을 꽉 움켜쥐며 외쳤다.

"어쩌긴 뭘 어째요."

여자가 차분하게 말했다.

"그런데 저 사람은 누구인가요?"

도로시가 물었다.

"내가 말한 악한 동쪽 마녀예요. 저 여자가 모든 뭉크킨들을 오랫동안 속박하고 밤낮없이 노예로 부렸지요. 이제 모두 풀려나서 당신에게 감사하고 있어요."

The Wonderful Wizard of OZ

"뭉크킨들이 누군데요?"

도로시가 물었다.

"악한 마녀가 다스렸던 이 동쪽 나라에 사는 민족이지요."

"당신도 뭉크킨인가요?"

도로시가 물었다.

"아니에요. 하지만 나는 그들의 친구랍니다. 북쪽 나라에 살지만요. 동쪽 마녀가 죽은 걸 알자 뭉크킨들은 발 빠른 전령을 보냈고, 그래서 내가 여기 왔지요. 나는 북쪽 마녀랍니다."

"어머나! 정말 마녀이신가요?"

도로시가 소리쳤다.

"그래요, 맞아요. 하지만 나는 착한 마녀고, 사람들은 나를 사랑해요. 이곳을 다스렸던 사악한 마녀 같은 능력은 없지만요. 있었다면 내가 직접 국민들을 해방시켰을 텐데 말예요."

"하지만 마녀는 다 사악한 줄 알았는데요."

도로시가 말했다. 진짜 마녀를 만나자 그녀는 조금 무서워졌다.

"아, 아니에요. 그건 큰 오해랍니다. 오즈의 나라에는 마녀가 넷뿐인데, 북쪽과 남쪽에 사는 마녀들은 착한 마녀들이지요. 내가 그중 한 사람이니까 잘 안답니다. 잘못 알 수가 없지요. 동쪽과 서쪽 마녀들은 사악한 마녀들이지만, 이제 아가씨가 한 명을 죽였으니, 이제 오즈의 나라에서 나쁜 마녀는 서쪽에 사는 마녀뿐이군요."

도로시는 잠시 생각에 잠겼다가 말했다.

"하지만 엠 숙모는 마녀들이 다 죽었다고 했는데요. 아주 오래전
에요."

"엠 숙모가 누군가요?"

마녀가 물었다.

"캔자스에 사는 제 숙모예요. 저는 캔자스에서 왔어요."

북쪽 마녀는 고개를 숙이고 땅을 내려다보며 잠시 생각하는 듯했
다. 그녀가 고개를 들면서 말했다.

"나는 캔자스가 어디 있는지 몰라요. 그런 이름은 들어본 적도 없
어요. 하지만 말해봐요, 그곳은 문명화된 곳인가요?"

"네, 그럼요."

도로시가 대답했다.

"그렇다면 이해가 되네요. 문명화된 곳에는 마녀가 남아 있지 않
을 거예요. 마법사나 여자 마법사, 마술사도요. 하지만 오즈의 나라
는 다른 모든 세상과 떨어져 있어서 문명화되지 않았지요. 그래서
아직도 마녀와 마법사가 있는 거예요."

"마법사는 누군데요?"

도로시가 물었다.

"오즈 자신이 위대한 마법사지요."

마녀가 소리를 낮춰 대답했다.

"오즈의 힘은 우리의 힘을 모두 합한 것보다도 더 세요. 그분은
에메랄드 시에 살아요."

도로시는 더 물어보려 했지만, 그때 조용히 서 있던 뭉크킨들이 고함을 질렀다. 그들은 나쁜 마녀가 누워 있는 곳을 가리켰다.

"무슨 일이야?"

노부인이 눈길을 돌리더니, 이내 웃기 시작했다. 죽은 마녀의 발이 완전히 사라지고 은 구두만 남아 있었다.

북쪽 마녀가 설명했다.

"마녀가 너무 늙어서 햇볕을 받아 쪼그라들었군요. 완전히 끝난 거지요. 이제 이 은 구두는 아가씨의 것이니 신도록 하세요."

마녀는 팔을 뻗어서 구두를 집더니, 흙을 털어서 도로시에게 건넸다.

"동쪽 마녀는 저 구두를 늘 자랑했지요. 구두에 마법이 걸려 있다고 했지만, 우리는 어떤 마법인지 모른답니다."

뭉크킨들 가운데 한 명이 말했다.

도로시는 구두를 집으로 가져가서 탁자 위에 놓았다. 그런 다음 뭉크킨들이 있는 곳으로 나와서 말했다.

"저는 삼촌과 숙모에게 돌아가고 싶어요. 두 분이 걱정하실 테니까요. 길을 찾도록 도와주시겠어요?"

뭉크킨들과 마녀는 서로 쳐다보더니, 도로시를 바라보면서 고개를 저었다.

"여기서 멀지 않은 동쪽에 거대한 사막이 있는데, 아무도 못 건너가요."

 The Wonderful Wizard of OZ

“남쪽도 마찬가지예요. 거기 가봐서 알거든요. 남쪽은 쿼들링들의 나라랍니다.”

다른 사람이 말했다.

세 번째 사람이 말했다.

“서쪽도 다를 바 없다고 들었어요. 윙키들이 사는 그 나라는 악한 서쪽 마녀가 다스리지요. 당신이 그곳을 지나가면, 그녀는 당신을 노예로 만들 거예요.”

늙은 마녀가 말했다.

“북쪽은 내 집이고, 가장자리는 오즈의 나라를 에워싼 것과 똑같은 거대한 사막이랍니다.”

도로시는 이 말을 듣고 흐느끼기 시작했다. 온통 이상한 사람들 사이에서 외로웠다. 소녀의 눈물은 친절한 뭉크킨들의 마음을 아프게 한 것 같았다. 곧 다들 손수건을 꺼내 들고서 울기 시작했다. 체구가 작은 노파는 모자를 벗어서 막대 끝에 세우고는, 진지한 목소리로 “하나, 둘, 셋!” 하고 외쳤다. 그러자 모자가 석판으로 변했는데, 거기에는 큼지막한 분필 글씨로 이렇게 적혀 있었다.

‘도로시를 에메랄드 시로 보내라.’

마녀는 막대에서 석판을 떼어내어 거기에 쓰인 글귀를 읽고는 이렇게 물었다.

“이름이 도로시인가요?”

“네.”

소녀는 고개를 들고 눈물을 닦으며 대답했다.

"그렇다면 에메랄드 시로 가야 해요. 아마 오즈가 당신을 도와줄 거예요."

"그 도시가 어디인데요?"

도로시가 물었다.

"나라의 한가운데 있고, 내가 말한 위대한 마법사 오즈가 다스려요."

"그는 좋은 사람인가요?"

도로시가 초조하게 물었다.

"좋은 마법사이지요. 직접 보지 않아서 그가 사람인지 아닌지는 대답할 수 없지만요."

"어떻게 갈 수 있나요?"

도로시가 물었다.

"걸어서 가야 해요. 긴 여행이 될 거예요. 가끔은 상쾌하고, 가끔은 무섭고 어두운 곳을 지나게 되겠죠. 하지만 내가 아는 마법을 모두 동원해서 당신이 해를 당하지 않도록 해줄게요."

"저랑 같이 가지 않을 건가요?"

도로시가 애원하듯 물었다. 소녀는 늙은 마녀를 하나뿐인 친구로 보기 시작한 참이었다.

"네, 그렇게는 못하지만, 내가 입맞춤을 해 주겠어요. 북부의 마녀에게 입맞춤 받은 사람은 누구도 해를 입히지 못한답니다."

마녀가 대답했다.

마녀는 도로시에게 다가가 그녀의 이마에 가만히 입을 맞추었다. 도로시는 마녀의 입술이 닿은 곳에 빛나는 동그란 자국이 생겼음을 금방 알아차렸다.

"에메랄드 시까지 가는 길에는 노란 벽돌이 깔려 있으니 길을 잃지는 않을 거예요. 오즈를 만나면 겁내지 말고 사정을 이야기한 다음, 도와 달라고 청해요. 그럼 잘 가요."

세 명의 뭉크킨들도 도로시에게 절하고는 즐거운 여행이 되기를 빌어주었다. 인사를 마친 그들은 나무 사이로 걸어갔다. 마녀는 다정하게 고개를 끄덕여주었고, 왼발 발꿈치를 땅에 대고 세 번 빙글빙글 돌더니 곧바로 사라졌다. 그 광경을 보고 놀란 토토는 마녀가 사라진 곳을 향해 마구 짖어댔다. 마녀가 옆에 있을 때는 무서워서 으르렁대지도 못했기 때문이다.

하지만 그녀가 마녀임을 아는 도로시는 그녀가 그런 식으로 사라질 것을 예상하고 있었으므로 조금도 놀라지 않았다.

     The Wonderful Wizard of OZ

제 3 장

도로시는 어떻게 허수아비를 구했나

How Dorothy Saved the Scarecrow

도로시는 혼자 남자 시장기를 느끼기 시작했다. 그래서 찬장 속의 빵을 잘라 버터를 발랐다. 토토에게 빵을 조금 나누어준 후, 선반에서 통을 꺼내 들고 시냇가로 가서 맑고 반짝이는 물을 담았다. 토토는 나무로 뛰어가더니 가지에 앉은 새들을 향해 짖기 시작했다. 도로시는 토토를 데리러 갔다가 나무에 매달린 먹음직한 과일을 발견했다. 아침 식사로 먹으면 좋을 듯했다.

집으로 돌아온 도로시는 토토와 함께 맑고 시원한 물을 마음껏 마셨다. 그리고 에메랄드 시로 떠날 채비를 했다.

도로시는 입고 있는 옷 외에 여분의 옷이 겨우 한 벌뿐이었는데, 깨끗한 상태로 침대 옆에 걸려 있었다. 흰색과 파란색 체크무늬가 있는 무명 드레스로, 많이 빨아서 파란색이 바랬지만 여전히 예뻤다. 도로시는 조심스럽게 몸을 씻고, 깨끗한 무명 드레스로 갈아입은 다음 머리에 분홍색 모자를 썼다. 그러고는 작은 바구니를 꺼내서 찬장에 든 빵을 챙겨넣고 위에 흰 천을 덮었다. 발을 내려다보니, 낡고 닳은 구두가 눈에 들어왔다.

"먼 길을 갈 텐데 이 구두로는 견디지 못할 거야, 토토."

도로시가 말했다. 토토는 검은 눈망울로 소녀를 올려다보며 무슨 말인지 안다는 듯 꼬리를 흔들었다.

그 순간 도로시는 테이블에 놓인 동쪽 마녀의 구두를 보았다.

"내 발에 맞을지 모르겠다. 저 구두는 닳지 않을 테니까 먼 길을 가기에 적당하겠지."

도로시가 토토에게 말했다.

도로시는 낡은 가죽 구두를 벗고 은 구두를 신었다. 구두는 처음부터 도로시의 발에 맞춘 것처럼 딱 맞았다.

마침내 도로시는 바구니를 들었다.

"따라와, 토토. 우리 에메랄드 시로 가서 위대한 오즈에게 캔자스로 돌아가는 방법을 물어보자."

도로시가 말했다.

도로시는 문을 잠근 후 열쇠를 조심스럽게 주머니에 넣었다. 그리고 뒤에서 터벅터벅 따라오는 토토와 함께 길을 나섰다.

근방에서 몇 군데 길이 보였지만, 노란 벽돌이 깔린 길을 찾는 데 오래 걸리지는 않았다. 얼마 지나지 않아 도로시는 잰걸음으로 에메랄드 시를 향해 걷기 시작했다. 은 구두가 단단한 노란 벽돌에 닿아 쨍쨍 소리를 냈다. 햇살이 환하게 빛났고, 새들은 예쁘게 노래했다. 도로시는 갑자기 고향을 떠나 낯선 나라 한가운데에 떨어진 여자아이답지 않게, 그다지 우울해하지 않았다.

길을 걷는 동안 시골 풍경이 어찌나 예쁜지 놀랄 정도였다. 길 양쪽으로 늘어선 깔끔한 울타리들은 예쁜 파란색으로 칠해져 있었고, 그 뒤로 곡식과 채소가 풍부한 밭이 펼쳐졌다. 뭉크킨들은 솜씨 좋은 농부여서 수확량도 많은 듯했다. 한참 후 도로시가 어느 집 앞을 지날 때 사람들이 그녀를 보기 위해 몰려나오더니 그녀에게 절을 했다. 도로시가 나쁜 마녀를 물리치고 자신들을 구속에서 풀어주었다는 것을 모두 알고 있었다. 뭉크킨의 집들은 큰 돔 지붕을 얹은 둥그스름한 형태의 이상한 모양이었다. 집들은 하나같이 파랗게 칠해져 있었다. 이 동쪽 나라에서는 파란색이 가장 선호하는 색깔이었다.

저녁이 되자 도로시는 걷는 데 지쳐서 밤을 어디서 보낼지 고심하기 시작했다. 그때 다른 집들보다 유난히 큰 집 하나가 나타났다. 집 앞의 푸른 잔디밭에는 여럿이 함께 춤을 추고 있었다. 작은 사람 다섯 명이 바이올린을 큰 소리로 연주하는 중이었고, 나머지 사람들은 웃고 노래했다. 그들 옆에 놓인 큰 식탁에는 맛좋은 과일이며 견과류, 파이, 케이크를 비롯해 먹음직스러운 음식이 잔뜩 차려져 있었다.

사람들은 도로시를 친절하게 맞이하며, 저녁 식사를 함께하고 같이 밤을 보내자고 청했다. 이곳은 뭉크킨 나라에서 손꼽히는 부자의 집이었고, 그의 친구들이 모여서 악한 마녀의 속박에서 풀려난 것을 축하하고 있었다.

도로시는 배부르게 먹고, 뭉크킨 부자의 시중을 직접 받았다. 그의 이름은 보크였다. 도로시는 긴 의자에 앉아서 사람들이 춤추는 모습을 구경했다.

보크가 도로시의 은 구두를 보고 말했다.

"아가씨는 뛰어난 마법사인가보군요."

"왜요?"

도로시가 물었다.

"은 구두를 신었고, 악한 마녀를 죽였으니까요. 게다가 흰 옷을 입었잖아요. 마녀와 여자 마법사만 흰 옷을 입는답니다."

"제 옷은 파란색과 흰색 줄무늬인걸요."

도로시는 옷의 주름을 펴면서 대답했다.

"그렇게 입어주시니 고맙군요. 파란색은 뭉크킨의 색깔이고, 흰색은 마녀의 색깔이거든요. 덕분에 저희는 당신이 다정한 마녀라는 걸 알 수 있지요."

보크가 말했다.

    The Wonderful Wizard of OZ

도로시는 이 말에 뭐라고 대답해야 좋을지 몰랐다. 사람들은 그녀를 마녀로 보지만, 도로시는 자신이 우연히 회오리바람에 실려 이상한 곳에 온 평범한 소녀일 뿐임을 알고 있었기 때문이다.

도로시가 춤 구경에 싫증이 나자, 보크는 그녀를 집 안으로 안내하여 예쁜 침대가 있는 방에 데려다주었다. 침대보는 파란색이었고, 도로시는 그 위에서 아침까지 곤히 잤다. 토토는 옆의 파란 깔판에서 웅크리고 잠을 잤다.

도로시는 배불리 아침 식사를 하고는 뭉크킨 아기가 토토의 꼬리를 당기며 노는 모습을 지켜보았다. 아기가 소리를 지르면서 웃는 모습을 보니 퍽 즐거웠다. 모든 사람이 토토에게 호기심을 느꼈다. 이제껏 개를 본 적이 없기 때문이었다.

도로시가 물었다.

"에메랄드 시까지는 얼마나 먼가요?"

"아직 그곳에 가본 적이 없어서 나도 모릅니다. 특별한 일이 없다면 오즈에게 가까이 가지 않는 게 좋지요. 하지만 에메랄드 시까지는 먼 길이니 며칠 걸릴 거예요. 시골은 풍요롭고 상쾌하지만, 거칠고 위험한 곳들을 지나야 여정을 끝내게 될 겁니다."

이 말에 도로시는 조금 걱정스러워졌다. 하지만 위대한 오즈만이 다시 캔자스로 돌아가게 도와줄 수 있다는 사실을 알고 있었으므로 돌아서지 않겠노라고 용기 있게 결심했다.

뭉크킨 친구들에게 작별 인사를 건네고 도로시는 다시 노란 벽돌 길을 걷기 시작했다. 몇 킬로미터쯤 가다가 잠시 멈춰 쉬어야겠다는 생각이 들어 길 옆 담장 꼭대기로 올라가 앉았다. 담장 너머에는 너른 옥수수 밭이 펼쳐져 있었고, 멀지 않은 곳에 허수아비가 보였다. 기둥 높이 매달린 허수아비는 새떼가 익어가는 옥수수에 다가오지 못하게 막고 있었다.

도로시는 손으로 턱을 괴고 골똘히 생각에 잠겨 허수아비를 바라보았다. 지푸라기를 채운 작은 자루로 만든 머리통에는 눈, 코, 입이 얼굴을 표시하기 위해 그려져 있었다. 전에 어느 뭉크킨이 썼음직한 뾰족한 낡은 모자를 머리에 쓰고, 낡고 색이 바랜 파란 옷을 걸친 모습이었다. 몸통에도 지푸라기가 채워져 있었다. 그리고 발에는 이곳의 사람이라면 누구나 신는 코가 파란 낡은 부츠를 신은 채로 옥수수 대 위로 솟은 기둥에 걸려 있었다.

도로시는 허수아비의 이상하게 칠한 얼굴을 차분히 바라보다가 그가 천천히 윙크를 하자

The Wonderful Wizard of OZ

깜짝 놀랐다. 캔자스에는 윙크하는 허수아비가 없기 때문에 처음에
는 잘못 봤다고 생각했지만, 곧 허수아비가 도로시에게 다정하게
고개를 끄덕였다. 도로시는 담장에서 내려와 허수아비에게 다가갔
고, 토토는 짖으면서 기둥 주변을 뛰어다녔다.

"어서 와."

허수아비가 목이 쉰 듯한 거친 목소리로 말했다.

"말을 할 줄 알아?"

도로시가 놀라서 물었다.

"물론이지! 안녕?"

허수아비가 말했다.

"그래, 너도 안녕?"

허수아비는 빙그레 웃으면서 말했다.

"난 별로 안녕하지 못해. 밤낮 없이 여기 걸려서 까마귀만 쫓고
있자니 너무 지겨워서 말이야."

"내려오지 못하니?"

도로시가 물었다.

"응. 내 등이 기둥에 걸려 있거든. 네가 나를 기둥에서 빼준다면
정말 고마울 텐데."

도로시는 양팔을 벌려서 허수아비를 기둥에서 빼냈다. 허수아비
는 지푸라기로 만들어져서 아주 가벼웠다.

땅바닥에 내려서자 허수아비가 말했다.

"정말 고마워. 새 사람이 된 기분이야."

도로시는 허수아비의 말에 어리둥절했다. 지푸라기 인간이 말을 듣고, 인사를 건네고, 자신과 나란히 걷는 모습을 보자니 이상야릇하기만 했다.

허수아비는 기지개를 켜고 하품을 하고 나서 물었다.

"너는 누구니? 어디로 가는 거야?"

도로시가 대답했다.

"내 이름은 도로시고, 에메랄드 시로 가는 길이야. 위대한 오즈에게 나를 캔자스로 보내 달라고 부탁하려고."

"에메랄드 시가 어딘데? 또 오즈는 누구야?"

허수아비가 물었다.

"어머나, 그걸 몰라?"

도로시가 놀라서 물었다.

"응, 몰라. 난 아무것도 몰라. 너도 알다시피 나는 지푸라기로 만들어져서 뇌가 없거든."

허수아비가 서글프게 대답했다.

"저런. 정말 안타깝다."

"내가 너와 함께 에메랄드 시에 가면, 그 위대한 오즈가 나한테 뇌를 줄까?"

허수아비가 물었다.

도로시가 대답했다.

"그거야 모르지만, 같이 가고 싶으면 그렇게 해. 오즈가 뇌를 안 준다고 해도 지금보다 나빠질 것은 없으니까 말이야."

"맞는 말이야."

허수아비가 말했다. 그는 자신 있는 말투로 덧붙였다.

"내 팔과 다리와 몸은 지푸라기여도 괜찮아. 다치지 않으니까. 누가 내 발을 밟거나 몸에 바늘을 꽂아도 상관없어. 감각이 없거든. 하지만 사람들이 나를 '바보'라고 부르는 건 싫어. 내가 머리에 너처럼 뇌를 가지는 대신 지푸라기를 채운 채로 살아야 한다면 뭘 제대로 알 수 있겠어?"

"네 기분이 어떨지 알겠어. 나랑 같이 가면 너를 위해 할 수 있는 일을 다 해 달라고 오즈에게 부탁해볼게."

도로시는 허수아비가 진심으로 가여웠다.

"고마워."

허수아비가 감사해하며 대답했다.

그들은 다시 길로 향했고, 도로시는 허수아비가 담장을 넘는 것을 도와주었다. 그들은 에메랄드 시를 향해 노란 벽돌 길을 걷기 시작했다.

토토는 처음에는 일행이 느는 것이 마음에 들지 않았다. 짚더미

속에 쥐의 집이라도 있다고 의심하는 양 킁킁대며 허수아비 주위를 맴돌았다. 또 사납게 으르렁거리기도 했다.

"토토는 신경 쓰지 마. 물지 않아."

도로시가 새 친구에게 말했다.

"아, 난 안 무서워. 어떻게 지푸라기한테 상처를 주겠어? 내가 바구니를 들어줄게. 난 지치지 않으니까 괜찮아. 내가 비밀을 말해줄까?"

허수아비는 계속 걸으면서 말을 이었다.

"내가 세상에서 무서워하는 게 딱 하나 있어."

"그게 뭔데? 너를 만든 뭉크킨 농부?"

도로시가 물었다.

"아니, 불붙은 성냥이야."

허수아비가 대답했다.

제 4 장

숲을 지나서

The Road through the Forest

몇 시간이 지나자 길이 험해지기 시작했고, 걷기가 매우 힘들어졌다. 허수아비는 울퉁불퉁한 노란 벽돌에 자주 걸려 넘어졌다. 때때로 벽돌이 깨지거나 빠져서 구멍이 생긴 곳도 있어, 토토는 뛰어넘고 도로시는 빙 돌아야 했다. 뇌가 없는 허수아비는 그대로 걸어가다가 구멍에 빠져 단단한 벽돌 위로 자빠졌다. 하지만 다치지는 않았고, 도로시가 일으켜 세워주었다. 그러면 허수아비는 도로시와 함께 자신의 실수를 비웃었다.

좀더 걸어가자 버려진 들판이 나타났다. 집도 과일 나무도 없었고, 가면 갈수록 더 칙칙하고 쓸쓸한 시골 풍경이 되었다.

정오에 그들은 냇가 근처의 길 옆에 앉았고, 도로시가 바구니를 열어 빵을 꺼냈다. 도로시가 빵조각을 건넸지만 허수아비는 사양했다.

"나는 배가 고픈 적이 없어." 허수아비가 말했다. "다행스런 일이지. 난 입이 그림이잖아. 먹으려고 구멍을 내면 지푸라기가 삐져 나와서 머리통 모양이 엉망이 될 거야."

지당한 말이었다. 도로시는 고개를 끄덕인 후 빵을 먹기 시작했다.

"네 얘기 좀 해봐. 네가 살던 곳에 대해서도."

도로시가 식사를 마쳤을 때 허수아비가 물었다. 도로시는 캔자스 이야기를 시작했다. 모든 것이 잿빛인 그 고장의 이야기를. 그리고 돌풍을 타고 이 이상한 오즈의 나라에 오게 된 사연까지. 허수아비는 그녀의 말을 귀 기울여 듣고 말했다.

"이 아름다운 나라를 떠나 '캔자스'라는 메마르고 우중충한 곳으로 돌아가고 싶어 하는 이유를 모르겠다."

"너는 뇌가 없어서 모를 거야. 인간들은 아무리 칙칙한 곳이라도 고향에서 살고 싶어해. 다른 곳이 아무리 아름답더라도, 집 같은 곳은 없다고."

허수아비는 한숨을 쉬었다.

"당연히 나야 모르지. 나처럼 머리에 짚이 차 있다면 다들 아름다운 곳에서 살려 할 테고, 그럼 캔자스에는 아무도 없어지겠지. 너희가 뇌를 가져서 캔자스로서는 다행스러운 일인걸."

"쉬는 동안 애기나 해주지 않을래?"

허수아비는 도로시를 못마땅한 듯 쳐다보다가 대꾸했다.

"나는 살아온 시간이 워낙 짧아서 아는 게 없어. 겨우 그저께 만

　The Wonderful Wizard of OZ

들어진걸. 그 전에 무슨 일이 있었는지는 전혀 몰라. 다행히 농부가 머리를 만들 때 가장 먼저 귀를 그린 덕분에, 당시 상황을 들을 수 있었어. 다른 뭉크킨이 옆에 있었는데, 처음 들은 건 그 농부의 말소리였지.

'귀가 마음에 들어?'

'똑바르지 않은데.' 곧 다른 사람이 말하더군.

'괜찮아. 귀는 다 마찬가지니까.' 농부가 그렇게 대꾸했는데, 사실 맞는 얘기지.

'이제 눈을 그려야겠군.' 농부는 그렇게 말하고 오른쪽 눈을 그렸어. 곧 내 앞에 있는 그가 보였어. 무척 궁금해서 사방을 둘러봤지. 그때 처음으로 세상을 본 거야.

'눈이 예쁜데. 눈에는 파란색이 어울린다니까.' 지켜보던 뭉크킨이 말했지.

'다른 눈은 더 크게 그려야겠어.' 농부가 말했지. 그가 두 번째 눈까지 다 그리자 한결 잘 보였어. 농부는 코와 입을 그렸지만, 당시에는 입을 뭐에 쓰는지 몰라서 아무 말도 안 했지. 그들이 내 몸통과 팔다리를 만드는 모습이 재미있었어. 마침내 그들이 머리통을 고정시키고 나니 어깨가 으쓱해졌지. 내가 보통 인간처럼 된 줄 알았거든.

'이 친구가 까마귀 떼를 쫓겠지. 사람이랑 똑같이 생겼으니까 말이야'라고 농부가 말했어.

'사실 인간이지 뭐.' 다른 뭉크킨이 하는 말에 내심 나도 맞장구 쳤지. 농부는 나를 겨드랑이에 끼고 옥수수 밭으로 가서 네가 본 긴 막대기에 날 세워두었어. 농부와 그 친구는 곧 날 혼자 두고 가버렸지.

이렇게 버려지는 건 싫어서 따라가려 했지만 발이 땅에 닿지 않았고, 난 그 막대기에 걸려 있어야 했어. 방금 만들어졌으니 생각할 거리도 없고 정말 외로웠지. 까마귀 떼와 다른 새들이 옥수수 밭으로 날아왔지만, 날 보자마자 뭉크킨으로 알고 날아가버렸어. 그걸 보자 기분이 좋았고, 중요한 사람이 된 것 같았지. 그러다 늙은 까마귀 한 마리가 가까이 날아와서 날 찬찬히 보더니 어깨에 걸터앉아 말했어.

'농부가 고작 이런 걸로 날 속이려 들다니. 약간의 분별력만 있다면 어느 까마귀든 네가 짚으로 만들어졌다는 걸 알 거야.' 까마귀는 내 발치로 내려가서 옥수수를 마음껏 쪼았지. 그가 아무 해도 입지 않는 걸 보고서 다른 새들도 옥수수를 먹으러 왔고, 곧 내 주위에 새 떼가 모여들었지.

내가 그리 훌륭한 허수아비가 못된다는 게 드러나 서글펐지만, 늙은 까마귀는 '네 머리에 뇌만 있다면 인간 같을 거고, 심지어 몇 몇 인간보다 나을 거야. 까마귀든 인간이든 뇌만이 이 세상에서 가질 만한 가치가 있지'라고 했어.

까마귀 떼가 가버린 후 나는 그 말을 곰곰이 생각했지. 그리고

The Wonderful Wizard of OZ

나서, 뇌를 얻기 위해 열심히 노력
하기로 결심했어. 운이 좋았던 덕
에 네가 와서 나를 막대기에서 내
려주었고, 네 말을 들으니 우리가
에메랄드 시에 도착하면 위대한
오즈가 나한테 뇌를 줄 것 같아."

"그렇게 뇌를 갖고 싶어하니 꼭
가질 수 있으면 좋겠어."

도로시가 성의껏 대답했다.

"그래, 정말 갖고 싶어. 자기가 바보라는 것을 아는 건 언짢은 일
이거든."

"자, 가보자."

소녀가 말했다. 도로시는 바구니를 허수아비에게 건넸다.

더 이상 길가에는 울타리가 없었고, 대신 거칠고 경작하지 않은
땅이 이어졌다. 저녁 무렵 그들은 거대한 숲에 닿았다. 큰 나무들이
빽빽이 자라 노란 벽돌 길 위로 나뭇가지들이 닿았다. 가지 틈으로
빛이 들지 않아서 어두컴컴했지만, 도로시 일행은 멈추지 않고 숲
으로 더 깊이 들어갔다.

허수아비가 말했다.

"들어가는 곳이 있으면 반드시 나오는 데가 있을 거야. 길 끝에
에메랄드 시가 있을 테니까 길을 따라가야 해."

"그걸 모르는 사람이 있나."

도로시가 대꾸했다.

"그렇겠지. 내가 아니까 말이야. 뇌가 있어야 알 수 있는 거라면, 나는 그런 말을 못했겠지."

허수아비가 대답했다.

한 시간 후 빛이 사라졌고, 그들은 어두운 숲 속을 걷게 되었다. 도로시는 앞을 볼 수 없었지만, 개들은 어둠 속에서도 잘 보는 법이므로 토토는 앞을 볼 수 있었다. 허수아비 역시 낮처럼 잘 보인다고 말했다. 그래서 도로시는 그의 팔을 잡고 걸음을 옮겼다.

도로시가 말했다.

"혹 집이나 쉬어갈 만한 곳이 보이면 꼭 알려줘. 어둠 속에서 걷는 것은 불편하니까."

얼마 지나지 않아 허수아비가 걸음을 멈추었다.

"저기 오른편에 나무로 지은 작은 오두막이 보여. 거기로 갈까?"

"그래, 그러자. 너무 피곤해."

소녀가 대답했다.

허수아비는 도로시를 데리고 나무들을 지나서 오두막으로 향했다. 도로시가 집에 들어가니, 구석에 마른 나뭇잎으로 만든 침대가 있었다. 도로시는 곧장 침대에 누워 토토를 옆에 끼고 잠들었다. 고단함을 느끼지 못하는 허수아비는 한쪽 구석에 서서 아침이 오기를 참을성 있게 기다렸다.

제 5 장

양철 나무꾼을 구출하다

The Rescue of the Tin Woodman

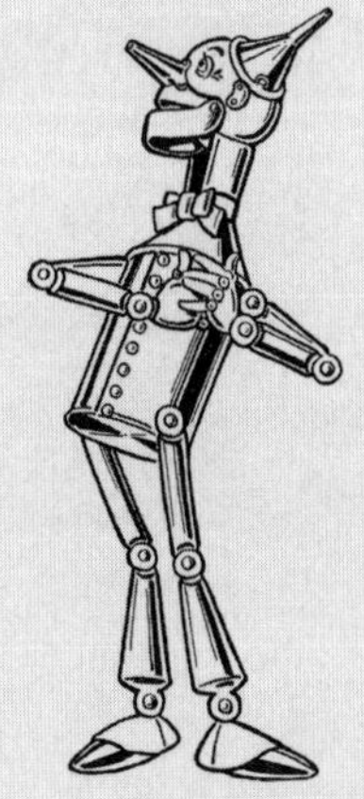

도로시가 눈을 뜨니 햇살이 나무 사이로 비치고 있었고, 토토는 벌써 일어나 새와 다람쥐를 쫓아다니는 중이었다. 도로시는 몸을 일으키고 자리에 앉아서 주위를 둘러보았다. 허수아비는 여전히 구석에 진득하게 선 채 도로시가 깨기를 기다리고 있었다.

"가서 물을 찾아야 해."

도로시가 말했다.

"왜 물이 필요해?"

허수아비가 물었다.

"먼지가 날리는 길을 계속 걸었으니 얼굴도 씻고, 빵을 먹을 때 목이 메지 않게 마셔야지."

"몸이 살로 되어 있으니 불편하겠구나. 잠도 자야 하고, 먹고 마셔야 되니까. 하지만 너에게는 뇌가 있고, 제대로 생각할 수 있다면 그런 불편쯤은 참을 만도 하겠지."

그들은 오두막을 나섰고 나무 사이를 걸어 맑은 샘물을 찾았다. 도로시는 물을 마신 후 얼굴을 씻고 아침 식사도 했다. 바구니에 빵이 얼마 남아 있지 않아 허수아비가 음식을 먹지 않아도 된다는 사실이 다행스러웠다. 그날 하루 도로시와 토토가 먹기에도 빠듯했기 때문이다.

식사를 마치고 노란 벽돌 길로 돌아가려는 찰나, 근처에서 들려온 깊은 신음소리에 도로시는 깜짝 놀랐다.

"무슨 소리였지?"

도로시가 겁을 내며 물었다.

"나로선 상상하기 힘들지. 가서 보자고."

허수아비가 대답했다.

그때 또다시 신음소리가 들렸다. 이번에는 뒤쪽에서 소리가 난 것 같았다. 그들이 방향을 돌려 몇 걸음 걸어갔을 때, 도로시는 나무 사이로 비추는 햇빛에 무언가 반짝이는 것을 발견했다. 도로시는 그곳을 향해 달려가다 비명을 지르며 우뚝 멈추었다.

큰 나무가 조금 잘려나가 있었고, 그 옆에 온몸이 양철로 된 인간이 도끼를 들고 있었다. 머리와 팔다리가 몸통에 붙어 있었지만, 그는 움직이지 못하는 듯 꼼짝 않고 서 있었다.

도로시는 놀란 눈으로 그를 보았고 허수아비도 마찬가지였다. 반면 토토는 그를 향해 거칠게 짖으면서 양철 다리를 물었지만 오히려 이빨이 아팠다.

"네가 신음소리를 냈니?"

"응, 맞아. 1년도 넘게 끙끙거렸는데, 아무도 도와주러 오는 사람이 없더군."

양철 인간이 대답했다.

"뭘 도와주면 돼?"

남자의 슬픈 목소리를 듣자 마음이 찡해진 도로시가 상냥하게 물었다.

"기름통을 가져다가 내 이음매에 기름칠을 해 줘." 그가 말을 이었다. "온몸이 심하게 녹슬어서 도저히 움직일 수가 없어. 기름칠만 잘하면 금방 괜찮아질 거야. 내 오두막에 가면 선반에 기름통이 있단다."

도로시는 얼른 오두막으로 달려가서 기름통을 찾았고, 그것을 들고 다시 돌아와 다급히 물었다.

"이음매가 어디야?"

"먼저 목에 기름칠을 해."

양철 나무꾼이 대답했다. 도로시가 그의 몸에 기름칠을 하기 시작했다. 녹이 워낙 심해서 허수

아비가 머리통을 잡고 잘 돌아갈 때까지 돌려줘야 했다. 그제야 양철 나무꾼은 혼자 자기 목을 돌릴 수 있었다.

"이제 내 양팔의 이음매에 기름칠을 해줘."

그가 말했다. 도로시가 기름을 바르자 허수아비가 조심스럽게 양철 나무꾼의 팔을 구부렸다. 마침내 녹슨 팔이 새 것처럼 자유롭게 움직였다.

양철 나무꾼은 만족스러운 듯 한숨을 내쉬고는 도끼를 내려 나무에 기댔다.

"정말 살 것 같군! 이음매가 녹슨 후로 줄곧 도끼를 들고 있었지. 드디어 내려놓을 수 있어서 정말 다행이야. 이제 내 다리에 기름칠을 하면, 다시 예전처럼 제대로 움직일 수 있을 거야."

그래서 그들은 나무꾼의 다리가 자유롭게 움직일 때까지 기름칠을 반복했다. 나무꾼은 몸을 움직일 수 있게 해줘서 고맙다며 거듭 인사했다. 그는 아주 예의바르고 감사할 줄 아는 이였다.

그가 말했다.

"너희가 오지 않았다면 나는 영원히 여기 서 있었을지도 몰라. 너희가 내 목숨을 구해준 셈이지. 여기는 무슨 일로 왔어?"

"우리는 위대한 오즈를 만나러 에메랄드 시에 가는 중인데, 네 오두막에서 밤을 지냈어."

도로시가 대답했다.

"왜 오즈를 만나려고 하는데?"

 The Wonderful Wizard of OZ

양철 나무꾼이 물었다.

"나를 캔자스로 돌려보내 달라고 하려고. 또 허수아비는 오즈에게 머리에 뇌를 넣어 달라고 부탁할 거야."

도로시가 대답했다.

양철나무꾼은 잠시 깊이 생각하는 눈치였다. 그러더니 입을 열었다.

"오즈가 나한테 심장을 줄 수도 있을까?"

"글쎄, 가능할 거야. 허수아비에게 뇌를 주는 것만큼이나 쉬울걸."

도로시가 대답했다.

양철 나무꾼이 말했다.

"그래! 너희가 나를 일행에 끼워준다면 함께 에메랄드 시에 가서 오즈에게 도와 달라고 부탁하고 싶어."

"그럼 같이 가자."

허수아비가 진심으로 말했다. 도로시도 동행이 생기면 좋을 거라고 말했다. 그래서 양철 나무꾼은 어깨에 도끼를 걸치고 그들을 따랐다. 일행 모두가 숲을 지나 노란 벽돌이 깔린 길로 향했다.

양철 나무꾼은 도로시에게 기름통을 바구니에 담아 갖고 가 달라고 부탁했다.

"비를 만나서 다시 녹이 슬거나 하면 기름통이 꼭 필요할 거야."

새 친구와 함께 여행을 하게 된 것은 아주 운 좋은 일이었다. 그들이 다시 길을 떠난 지 얼마 지나지 않아서 나무가 너무 빽빽하게 자라 쉽게 뚫고 지날 수 없는 곳에 도착했기 때문이었다. 하지만 양철 나무꾼이 도끼로 나무를 잘라내기 시작했고, 곧 일행이 지나갈 만한 길을 만들었다.

도로시는 깊은 생각에 잠긴 채 걷다가 허수아비가 구멍에 빠져 길가로 구른 사실도 알지 못했다. 결국 허수아비는 자신을 일으켜 달라고 소리쳐야 했다.

"왜 구멍을 피해 돌아가지 않았어?"

양철 나무꾼이 물었다.

"나는 잘 모르거든. 머리에 지푸라기만 가득 차 있어서 뇌를 달라고 부탁하러 오즈에게 가는 거잖아."

"아, 그렇구나. 하지만 뇌가 세상에서 가장 좋은 것은 아니야."

양철 나무꾼이 말했다.

"너는 뇌를 갖고 있니?"

허수아비가 물었다.

"아니, 지금은 비어 있지만 한때는 뇌가 있었고 심장도 있었지. 그것들을 얻으려고 애쓰고 있지만, 가장 갖고 싶은 것은 심장이야."

양철 나무꾼이 대답했다.

"어째서?"

허수아비가 물었다.

"내 이야기를 들려줄게. 그러면 알게 될 거야."

그래서 숲을 지나는 동안 양철 나무꾼은 자신의 이야기를 이어나갔다.

"나는 숲에서 나무를 베어다 파는 나무꾼의 아들이었어. 어른이 된 후 나 역시 나무꾼이 되었고, 아버지가 세상을 떠나고 나서는 어머니를 보살펴 드렸지. 어머니마저 돌아가신 후 혼자 살지 말고 결혼을 해야겠다고 마음을 먹었어. 그래야 외롭지 않을 테니까.

어떤 뭉크킨 아가씨가 있었는데, 정말 아름다웠어. 나는 곧 진심으로 그녀를 사랑하게 되었어. 그녀는 내가 좀더 좋은 집을 지을 만큼 돈을 벌면 나와 결혼하겠다고 약속했지. 그래서 나는 정말 열심히 일했어. 하지만 그녀와 같이 살던 노파는 그녀가 결혼하는 것을 탐탁치 않게 여겼지. 노파는 무척 게으른 사람이어서 그 아가씨가 계속 자기와 같이 살면서 요리와 살림을 해주기를 바랐거든. 노파는 악한 동쪽 마녀를 찾아가서 우리의 결혼을 막아주면 양 두 마리와 소 한 마리를 주겠다고 약속했고, 그후 악한 마녀가 내 도끼에 마법을 걸었어. 어느 날 나는 얼른 새 집과 아내를 얻을 욕심에 열심히 나무를 베다가 도끼를 놓쳤고, 왼쪽 다리를 잃고 말았지.

처음에는 이 일을 도저히 참을 수 없는 불행이라 생각했어. 외다리 사내가 나무꾼 일을 할 수는 없으리란 걸 알았으니까. 그래서 양철공을 찾아가서 양철로 새 다리를 만들어 달라고 부탁했어. 새 다리에 익숙해지고 나니 다리를 잘 움직일 수 있었지만, 덕분에 악한 동쪽 마녀는 분노했지. 노파에게 나와 예쁜 뭉크킨 아가씨가 결혼하지 못하게 하겠다고 약속했으니까 말이야. 결국 다시 나무를 자를 때 도끼가 미끄러져서 오른쪽 다리마저 잘리고 말았어. 이번에도 양철공에게 갔고, 그는 또 양철로 다리를 만들어주었지. 이 일이 있은 후, 마법에 걸린 도끼에 차례로 양팔마저 잘렸지만, 그래도 포기하지 않았어. 양철 팔을 다시 달았으니까. 그러자 사악한 마녀는 마지막으로 내 머리마저 잘리게 만들었고, 결국 나도 끝장났다고 생각했지. 하지만 양철공이 우연히 나를 발견하고는 양철로 새 머리를 만들어주었어.

그 당시 나는 사악한 마녀를 이겼다고 생각하고 전보다 열심히 일했지. 하지만 나는 그녀가 얼마나 잔인해질 수 있는지 미처 몰랐던 거야. 마녀는 아름다운 뭉크킨 아가씨를 향한 내 사랑을 없앨 방도를 새로 궁리했지. 그녀는 내 도끼가 다시 미끄러지도록 했고, 도끼는 내 몸을 두 동강 내버렸지. 다시 한 번 양철공이 양철로 몸통을 만들고 이음매를 이용해서 양철 팔다리와 머리를 붙였어. 덕분에 예전처럼 몸을 잘 움직일 수 있었지.

아아! 하지만 슬프게도, 심장을 잃은 탓에 뭉크킨 아가씨를 향한

애정이 사라졌어. 그녀와 결혼을 하든 안 하든 상관없게 됐지. 그녀는 지금도 노파와 살면서 내가 다시 찾아오기를 기다리고 있을 거야.

내 몸이 햇빛을 받아 어찌나 반짝이던지 자랑스러웠고, 이제는 도끼를 놓쳐도 상관없었어. 도끼도 내 몸을 베지는 못했으니까. 남은 위험은 딱 하나였지—이음매가 녹슨다는 것 말이야. 하지만 집에 기름통을 놔두고, 필요할 때마다 기름을 칠해서 몸을 관리했어. 하지만 결국 기름칠하는 것을 깜빡하고 말았지. 폭풍우를 만나 흠뻑 젖었는데, 그제야 이음매가 녹슬 수도 있다는 생각이 났어. 덕분에 너희가 와서 도와줄 때까지 숲에 남아 있어야 했던 거야. 몹시 힘들었지만, 거기 서 있는 한 해 동안 내가 잃은 가장 큰 것은 심장이었다는 사실을 깨달을 수 있었지. 사랑에 빠졌을 때 나는 세상에서 가장 행복한 사람이었지만, 심장이 없는 사람은 사랑을 할 수가 없어. 그래서 오즈에게 부탁해 심장을 얻고 싶은 거야. 오즈가 그렇게 해준다면, 나는 뭉크킨 아가씨를 다시 만나 그녀에게 청혼할 거야."

도로시와 허수아비는 양철 나무꾼의 사연을 귀 기울여 들었고, 그가 새 심장을 얻고

The Wonderful Wizard of OZ

싶어 하는 이유를 알게 되었다.

허수아비가 말했다.

"나는 심장 대신 뇌를 부탁할 거야. 바보는 심장이 있어도 그걸로 무엇을 해야 할지 모를 테니까."

"나는 심장을 달라고 할 거야. 뇌가 사람을 행복하게 하지는 못해. 행복은 세상에서 가장 좋은 것이니까."

양철 나무꾼이 말했다.

도로시는 아무 말도 하지 않았다. 둘 중 누구의 말이 옳은지 알 수 없었고, 캔자스의 엠 숙모에게 돌아갈 수만 있다면 양철 나무꾼이 뇌가 없든 허수아비가 심장이 없든, 둘이 원하는 것을 갖게 되든 크게 상관없다 싶었다.

빵을 거의 다 먹어 토토와 둘이 한 끼를 먹을 수 있는 양 정도만 남은 것이 가장 큰 걱정이었다. 양철 나무꾼과 허수아비는 음식을 먹지 않지만, 도로시는 양철이나 짚으로 만들어지지 않았으니 먹지 않으면 절대로 살 수 없었다.

제 6 장

겁쟁이 사자

The Cowardly Lion

한참 동안 도로시와 친구들은 빽빽한 숲길을 걸었다. 길에는 여전히 노란 벽돌이 깔려 있었지만 나무에서 떨어진 마른 가지와 낙엽이 잔뜩 쌓여서 걷기에는 그다지 좋지 않았다.

이쪽 숲에는 새가 별로 없었다. 새들은 햇살이 쏟아지는 탁 트인 시골을 좋아하기 때문이다. 하지만 이따금 나무 사이에 숨은 야생 동물이 으르렁거리는 소리가 들려왔다. 소리가 날 때마다 도로시는 무슨 일인지 알 수 없어 가슴이 두근거렸다. 반면 토토는 알고 있었으므로, 짖지도 않고 도로시 옆에 바싹 붙어 걸었다.

"얼마나 가야 숲을 빠져나갈 수 있을까?"

도로시가 양철 나무꾼에게 물었다.

그가 대답했다.

"에메랄드 시에 가본 적이 없어서 대답할 수가 없어. 하지만 내가 어릴 때 아버지가 한 번 가셨는데, 위험한 땅을 가로지르는 먼 길이라고 하셨어. 오즈가 사는 도시에 가까워질수록 주변이 아름다워지긴 하지만 말이야. 하지만 난 기름통만 있으면 두려울 게 없고, 허수아비 역시 아무 해도 입지 않을 거야. 네 이마에 찍힌 착한 마녀의 입맞춤 자국이 너를 위험에서 지켜줄 거고."

"하지만 토토는! 토토는 누가 지켜주지?"

도로시가 초조하게 물었다.

양철 나무꾼이 대답했다.

"토토가 위험해지면 우리가 지켜줘야지."

그렇게 말했을 때 숲에서 무시무시한 소리가 났고, 갑자기 커다란 사자가 길로 튀어나왔다. 사자는 한 발을 휘둘러 허수아비를 쳤고, 허수아비는 그대로 빙글빙글 돌아 길 끝에 나가떨어졌다. 그러고 나서 뾰족한 발톱으로 양철 나무꾼을 찍었다. 양철 나무꾼이 길에 쓰러져서 꼼짝 않고 누워 있긴 해도, 양철에는 아무 자국도 나지 않아서 사자는 깜짝 놀랐다.

마침내 적과 마주친 토토는 사자를 향해 짖어댔고, 커다란 야수는 개를 물려고 입을 크게 벌렸다. 그때 도로시는 토토가 죽을까봐 걱정되어 위험한 줄도 모르고 달려들었다. 소녀는 사자의 코를 냅다 갈기면서 소리쳤다.

"토토를 물겠다는 생각은 하지도 마! 너처럼 큰 야수가 가여운 작은 개를 물다니, 창피한 줄 알아!"

     The Wonderful Wizard of OZ

“난 개를 물지 않았는걸.”

사자는 도로시가 때린 코를 발로 문지르면서 대꾸했다.

“그랬지, 하지만 그러려고 했잖아. 덩치 큰 겁쟁이 주제에.”

도로시가 비꼬았다.

사자는 창피해서 고개를 숙인 채 말했다.

“나도 알아. 전부터 알고 있었어. 하지만 난들 어쩌겠어?”

“그야 나도 모르지! 하지만 네가 가여운 허수아비처럼 짚으로 만든 사람을 때린다는 생각을 하면 정말이지……”

“짚으로 만들었어?”

사자가 놀라서 물었다. 그는 도로시가 허수아비를 일으켜서 똑바로 세우고, 다시 모양을 잡아주는 모습을 지켜보았다.

아직도 화가 안 풀린 도로시가 대꾸했다.

“물론 짚으로 만들었지.”

“그래서 그렇게 쉽게 넘어갔구나. 막 빙빙 돌아서 얼마나 놀랐다고. 다른 사람도 짚으로 만들어졌나?”

사자가 말했다.

“아니, 양철로 되어 있지.”

도로시가 대답했다. 소녀는 나무꾼이 일어서도록 부축했다.

사자가 말했다.

“그래서 내 발톱이 뭉툭해질 뻔했구나. 발톱이 양철에 긁히면 등줄기에 소름이 쫙 끼치거든. 네가 그렇게 애지중지하는 작은 동물은 뭐지?"

"내 개야. 토토라고 해."

도로시가 대답했다.

"개도 양철이나 짚으로 만들어졌니?"

사자가 물었다.

"아냐. 토토는 저기…… 살로 된 개야."

도로시가 말했다.

"아. 묘한 동물이군. 지금 제대로 보니 아주 작구나. 나 같은 겁쟁이나 저렇게 작은 것을 물 생각을 하겠지."

사자가 서글프게 말했다.

"어쩌다 겁쟁이가 됐니?"

도로시는 호기심 어린 눈으로 큰 몸집의 야수를 쳐다보며 물었다. 사자는 작은 말만한 크기였다.

사자가 대답했다.

"그게 묘하단 말이야. 나는 그렇게 태어났나봐. 숲의 다른 동물들은 당연히 내가 용감하다고 생각하거든. 어디서나 사자를 '동물의 왕'으로 보니까. 내가 요란하게 으르렁댈 때마다 살아 있는 것들은

The Wonderful Wizard of OZ

죄다 겁을 내고 내 앞에서 사라지지. 사람과 부딪칠 때마다 사실 난 무지무지 겁나거든. 그런데 내가 으르렁대면, 그 사람은 걸음아 날 살려라 하고 도망친다니까. 코끼리와 호랑이, 곰이 나한테 덤비면 나는 도망칠 거야—워낙 겁쟁이거든. 그런데 그들은 내 소리를 들으면 달아나려고 난리라니까. 당연히 나는 그냥 보내주지.”

“하지만 그건 옳지 않아. 동물의 왕이 겁쟁이면 안 되잖아.”

허수아비가 말했다.

사자가 꼬리 끝으로 눈물을 닦으면서 대꾸했다.

“나도 알아. 그게 내 가장 큰 슬픔이고, 내 인생을 몹시 불행하게 하는 요인이라고. 하지만 위험할 때마다 심장이 빨리 뛰기 시작하거든.”

“심장병을 앓나 보구나.”

양철 나무꾼이 말했다.

“그럴지도 몰라.”

사자가 대답했다.

양철 나무꾼이 말했다.

“심장병을 앓는다면 다행으로 여겨야 해. 네가 심장을 가졌다는 증거니까. 내 경우에는 심장이 없으니까, 심장병에 걸릴 수도 없다고.”

사자가 생각에 잠겨 말했다.

“아마 내게 심장이 없으면 겁쟁이도 아닐 거야.”

“너, 뇌가 있니?”

허수아비가 물었다.

“그럴 거야. 한 번도 알아본 적은 없지만.”

사자가 대답했다.

“난 뇌를 달라고 부탁하려고 위대한 오즈에게 가는 거야. 내 머리 속에는 지푸라기가 채워져 있거든.”

허수아비가 말했다.

“그리고 나는 심장을 달라고 부탁하러 가는 중이야.”

양철 나무꾼이 말했다.

“난 말이지. 토토랑 같이 캔자스로 돌려보내 달라고 부탁하러 가고 있어.”

도로시가 말했다.

겁쟁이 사자가 물었다.

“오즈가 내게 용기를 줄 수도 있을까?”

“나한테 뇌를 줄 수 있다면 그럴 수 있을 거야.”

허수아비가 말했다.

“또는 나에게 심장을 줄 수 있다면!”

양철 나무꾼이 거들었다.

“아니면 나를 캔자스로 돌아가게 해줄 수 있다면!”

도로시가 말했다.

“만일 그렇다면, 나도 같이 가고 싶어. 너희만 괜찮다면 말이야.

     The Wonderful Wizard of OZ

용기가 없으면 참고 살 수가 없어.”

사자가 말했다.

도로시가 대답했다.

“대환영이지. 네가 있으면 다른 야수가 얼씬거리지 못하게 할 수 있잖아. 너한테 그렇게 쉽게 겁먹는 걸 보면 다른 동물들은 더 겁이 많은 것 같아.”

“그렇기는 하지만, 그렇다고 내가 더 용감해지는 건 아냐. 나 자신이 겁쟁이라는 사실을 아는 한 난 불행할 거야.”

사자가 대꾸했다.

일행은 다시 출발했고, 사자는 도로시 옆에서 당당하게 걸었다. 토토는 처음에는 새로운 동행이 못마땅했다. 사자한테 물릴 뻔했던 일을 잊을 수가 없었던 것이다. 하지만 시간이 지나면서 느긋해졌고, 곧 토토와 겁쟁이 사자는 좋은 친구가 되었다.

그날은 평화로운 여행을 방해할 만한 위험한 일은 더 이상 일어나지 않았다. 단지 양철 나무꾼이 길 위를 기어가는 딱정벌레를 밟는 사고가 있었고, 가여운 벌레는 죽고 말았다. 이 일 때문에 양철 나무꾼은 몹시 속상해했다. 그는 항상 살아 있는 것을 다치게 하지 않으려고 조심했기 때문이었다. 길을 가면서 나무꾼은 슬프고 후회스러워서 눈물을 몇 방울 흘렸다. 눈물이 뺨을 타고 턱까지 천천히 흘러내리자 턱이 녹슬었다. 잠시 후 도로시가 그에게 질문을 했지만, 그는 입을 벌릴 수가 없었다. 턱이 녹슬어서 입이 붙어버린 것이다. 양철 나무꾼은 덜컥 겁이 나서 구해달라는 몸짓을 했지만, 도로시는 알아듣지 못했다. 사자는 무엇이 잘못되었는지 알자 당황했다. 하지만 허수아비가 도로시의 바구니에서 기름통을 꺼내 양철 나무꾼의 턱에 기름칠을 해주었다. 잠시 후 나무꾼은 전처럼 말을 할 수 있었다.

양철 나무꾼이 말했다.

"이번 일로 발을 디딜 때 아래를 잘 봐야 된다는 교훈을 얻었어. 내가 다른 벌레나 딱정벌레를 죽이면 또 울고 말 거고, 울면 턱이 녹슬어서 말을 못하게 될 테니까."

그후로 그는 길을 내려다보면서 조심조심 걸었고, 작은 개미가 기어가자 밟지 않으려고 그 위로 넘어갔다. 양철 나무꾼은 자신에게 심장이 없다는 사실을 잘 알았고, 그래서 남에게 잔인하거나 불친절하지 않으려고 애썼다.

그가 말했다.

"너희처럼 심장을 가진 사람들은 이끌어줄 것이 있으니, 나쁜 짓을 저지를 일이 없지. 하지만 나는 심장

이 없어서 굉장히 신중해야 해. 오즈가 내게 심장을 주면, 당연히 그
렇게 신경 쓸 필요가 없겠지."

제 7 장

위대한 오즈로의 여정

The Journey to the Great Oz

그날 밤, 근처에서 집을 찾지 못한 일행은 숲속의 큰 나무 밑에서 야영을 해야 했다. 잎사귀가 무성해서 이슬을 피할 수 있었다. 양철 나무꾼이 도끼로 장작을 많이 패오자 도로시가 모닥불을 피웠다. 온기 덕분에 몸을 녹일 수 있었고 마음도 훈훈해졌다. 도로시와 토토는 마지막으로 남은 빵을 먹었다. 내일 아침으로는 무엇을 먹어야 할지 알 수 없었다.

사자가 말했다.

"네가 원한다면 내가 숲에 들어가서 사슴을 잡아올게. 불에 사슴을 구워 먹으면 돼. 너희는 입맛이 독특해서 구운 음식을 더 좋아하잖아. 아주 맛있는 아침 식사를 하게 될 거야."

양철 나무꾼이 말했다.

"그러지 마! 제발 그러지 마! 네가 가여운 사슴을 죽이면 난 눈물을 흘릴 거고, 그러면 턱이 다시 녹슬 거야."

사자는 숲으로 들어가서 저녁 식사를 했지만, 아무 말도 안 했기에 그가 뭘 먹었는지 아무도 몰랐다. 허수아비는 호두가 잔뜩 열린 나무를 찾아내서 도로시의 바구니에 담아왔다. 이제 도로시는 한동안 굶지 않을 수 있게 되었다. 도로시는 허수아비가 정말 친절하고 생각이 깊다고 생각하면서도 이 가여운 친구가 호두를 담은 모양을 보고 깔깔댔다. 허수아비의 손이 두툼하고 둔한 반면 호두는 워낙 작아서 바구니에 담는 양만큼의 호두를 땅에 떨어뜨렸다. 하지만 허수아비는 바구니를 채우는 데 시간이 오래 걸려도 상관하지 않았다. 호두를 주울 동안은 불가에서 떨어져 있을 수 있으니. 그는 불꽃이 지푸라기에 튀어서 몸에 불이 붙을까봐 두려웠다. 그래서 불가에서 멀리 떨어져 있었고, 도로시가 자려고 누운 후 그녀에게 마른 잎을 덮어줄 때만 가까이 다가갔다. 낙엽 이불 덕분에 도로시는 포근하고 따뜻하게 아침까지 푹 잘 수 있었다.

날이 밝자 도로시는 샘으로 가서 세수를 했고, 곧 다 함께 에메랄드 시를 향해 길을 떠났다.

여행자들에게 많은 일이 닥칠 하루가 시작되고 있었다. 걷기 시작한 지 한 시간도 안 되었을 때 일행 앞에 길을 가로지르는 수로가 나타났다. 수로 양쪽으로는 끝이 안 보일 정도로 울창한 숲이 펼쳐져 있었다. 수로의 폭이 무척 넓었고, 가장자리로 다가가서 물속을 들여다보니 수심도 싶었다. 밑바닥에는 뾰족하고 큰 돌이 많았다. 수로의 가장자리는 어찌나 가파른지 기어 내려갈 수도 없었다. 문득 더 갈 수 없을 것 같다는 생각이 들었다.

"어떻게 해야 될까?"

도로시가 속상해하며 물었다.

"난 아무 생각도 안 나는걸."

양철 나무꾼이 말했고, 사자는 생각에 잠긴 표정으로 자신의 덥수룩한 갈기를 털었다. 그때 허수아비가 말했다.

"우리가 날아가지 못한다는 것은 확실해. 기어 내려가서 수로로 뛰어들 수도 없어. 그러니까 수로를 뛰어넘지 못한다면 여기서 멈출 수밖에 없지."

"내가 수로를 뛰어넘을 수 있을 것 같아."

겁쟁이 사자가 머릿속으로 거리를 재 본 후 말했다.

허수아비가 대꾸했다.

"그러면 모두 괜찮을 거야. 네가 우리를 한 번에 한 사람씩 등에 태우고 건너면 되니까."

"그래, 해보지 뭐. 누가 먼저 갈래?"

사자가 물었다.

"내가 갈게. 네가 수로를 뛰어넘지 못하면 도로시는 죽을 거고, 양철 나무꾼은 밑의 바위에 심하게 찍힐 거야. 하지만 내가 등에 타고 있으면, 떨어져도 다치지 않을 테니까 큰 문제 없겠지."

허수아비가 말했다.

"나도 빠질까봐 무척 겁나지만, 그것 밖에는 다른 방법이 없겠어. 내 등에 올라타도록 해. 한 번 해보자."

겁쟁이 사자가 말했다.

허수아비가 사자의 등에 올라타자 덩치 큰 사자는 수로의 끄트머리로 걸어가서 몸을 웅크렸다.

허수아비가 물었다.

"왜 달려와서 뛰어넘지 않는 거야?"

"그건 우리 사자들이 이런 일을 하는 방식이 아니니까."

사자가 대답했다. 그러더니 힘껏 뛰어올라 공중으로 치솟았다가 수로의 맞은편에 안전하게 내려앉았다. 사자가 쉽게 수로를 넘는 것을 보고 모두 대단히 기뻐했고, 허수아비가 등에서 내려서자 사자는 다시 수로를 넘어왔다.

도로시는 허수아비 다음으로 건너가야겠다고 생각했다. 그래서 토토를 품에 안고 사자의 등에 올라타, 한 손으로 사자의 갈기를 꽉 잡았다. 순간 하늘을 나는 기분이 들더니 그녀가 미처 생각할 틈도 없이 맞은편에 안전하게 도착했다. 사자는 다시 건너편으로 돌아가서 양철 나무꾼을 데려왔고, 일행은 잠시 앉아 기다리며 사자가 쉴

짬을 주었다. 여러 번 수로를 뛰어 넘느라 숨이 찬 탓에 사자는 한참 동안 달린 큰 개처럼 헐떡거렸다.

이쪽 숲은 나무가 빽빽해서 어두컴컴하고 우울해 보였다. 사자가 한숨 돌리자, 일행은 각자 생각에 잠겨 노란 벽돌 길을 걷기 시작했다. 숲의 끝에 다다르면 다시 환한 햇살을 만나게 될지 궁금했다. 안 그래도 불안한데 숲속에서 이상한 소리가 들리자 마음이 더 불편해졌다. 사자는 이곳은 칼리다가 사는 지역이라고 속삭였다.

"칼리다가 뭔데?"

도로시가 물었다.

"몸통은 곰 같고 머리는 호랑이 같은 괴상한 동물들이지. 발톱이 워낙 길고 날카로워서 내 몸을 두 동강 낼 수도 있어. 내가 토토를 죽일 수 있는 것처럼 아주 쉽게 말이야. 난 칼리다가 정말 무서워."

"네가 그러는 게 놀랍지 않아. 틀림없이 아주 무서운 맹수들일 거야."

도로시가 대꾸했다.

사자가 대답하려는 순간 갑자기 앞에 또 다른 수로가 나타났다. 하지만 이번에 만난 수로는 워낙 넓고 깊어서 사자는 자신이 뛰어 넘을 수 없다는 것을 금방 깨달았다.

그래서 일행은 주저앉은 채 어떻게 할지 궁리했고, 허수아비는 진지하게 생각하다가 입을 열었다.

"수로 가까이에 큰 나무가 있어. 양철 나무꾼이 저 나무를 잘라서 수로 위로 쓰러뜨리면 우린 그 위로 쉽게 걸어갈 수 있을 거야."

"이거 멋진 의견인데. 아마 다들 네 머리에 지푸라기가 아니라 뇌가 있다고 생각할 거야."

사자가 말했다.

나무꾼은 당장 작업에 착수했다. 도끼가 워낙 날카로운 덕분에 나무꾼은 빠르게 나무를 벨 수 있었다. 그다음 사자가 강한 앞발을 거의 잘린 나무에 대고 힘껏 밀자 큰 나무가 천천히 넘어져 쿵 소리와 함께 수로 위로 쓰러졌고, 가지 끝이 수로 건너편에 닿았다.

일행이 이 기묘한 다리를 건너기 시작했을 때 으르렁대는 소리가 들렸고, 모두 고개를 돌렸다. 그들은 몸통은 곰 같고 머리는 호랑이처럼 생긴 거대한 맹수 두 마리가 달려오는 것을 보고 모두 겁에 질렸다.

"칼리다들이야!"

겁쟁이 사자가 덜덜 떨면서 말했다.

"서둘러! 얼른 건너자."

허수아비가 외쳤다.

도로시가 토토를 안고 맨 먼저 다리를 건넜고, 양철 나무꾼과 허수아비가 순서대로 그 뒤를 따랐다. 사자는 겁이 난 기색이 완연했

　　　The Wonderful Wizard of OZ

지만 몸을 돌려 칼리다들과 마주섰다. 사자가 어찌나 크고 무섭게 으르렁댔던지 도로시가 비명을 질렀고, 허수아비는 뒤로 나자빠졌다. 그사이 사나운 맹수들도 우뚝 멈춰 서서 놀란 표정으로 사자를 바라보았다.

하지만 칼리다들은 자신들이 사자보다 몸집이 더 크다는 것, 그리고 자기들은 둘이고 사자는 혼자라는 것을 알고는 다시 앞으로 달려들었다. 사자는 나무다리를 건너고 나서 칼리다들이 어쩌는지 돌아보았다. 맹수들이 머뭇거리지도 않고 다리를 건너기 시작하자 사자가 도로시에게 말했다.

"우린 끝났어. 놈들이 뾰족한 발톱으로 우리를 갈기갈기 찢을 거야. 하지만 내 뒤에 바짝 붙어서 있어. 내 목숨이 붙어 있는 한 놈들과 싸울게."

"잠깐 기다려!"

허수아비가 소리쳤다. 어떻게 하는 게 좋을지 궁리하던 그는 양철 나무꾼에게 수로의 이쪽에 걸쳐 있는 나무 끝을 자르라고 부탁했다. 나무꾼은 당장 도끼를 들었고, 칼리다 둘이 거의 다리를 건너왔을 때 나무가 수로로 빠졌다. 흉악한 야수들은 큰 소리로 으르렁댔고, 둘 다 수로 바닥의 뾰족한 바위에 부딪쳐 몸이 찢기고 말았다.

겁쟁이 사자가 안도의 숨을 길게 내쉬며 말했다.

"자, 이제 조금 더 오래 살게 되었군. 죽는 건 싫으니 정말 잘됐어. 저것들 때문에 얼마나 겁나던지 아직도 가슴이 뛴다니까."

"아, 내게도 뛸 심장이 있다면."

나무꾼이 서글프게 중얼댔다.

이 모험을 한 후 일행은 숲을 벗어나고 싶은 마음이 더욱 커졌고, 다들 너무 빨리 걸은 탓에 도로시는 고단해서 사자의 등에 타고 가야 했다. 갈수록 숲이 성기어지자 모두 기뻐했다. 오후 무렵 갑자기 눈앞에 물살이 빠르고 폭이 넓은 강이 나타났다. 강 건너에는 아름다운 평야에 노란 벽돌 길이 나 있고, 군데군데 원색의 꽃이 핀 풀밭이 펼쳐져 있었다. 길가에는 먹음직스런 과실이 달린 나무들이 서 있었다. 멋진 전원 풍경을 본 일행은 진심으로 기뻐했다.

"어떻게 강을 건너지?"

도로시가 물었다.

허수아비가 대답했다.

"그거야 쉽지. 양철 나무꾼이 뗏목을 만들면 강 저편으로 건너갈 수 있어."

그래서 나무꾼은 도끼를 들고 뗏목을 만들 작은 나무들을 베기 시작했다. 그가 바쁘게 움직이는 사이 허수아비는 강둑에서 과일이 주렁주렁 달린 나무를 찾아냈다. 종일 호두밖에 못 먹은 터라 도로시는 기뻐하면서 잘

The Wonderful Wizard of OZ

익은 과일을 배불리 먹었다.

하지만 양철 나무꾼처럼 지칠 줄 모르고 부지런히 일하는 사람
도 뗏목을 만드는 데는 시간이 걸리는 법이어서, 밤이 되었는데도
뗏목은 완성되지 않았다. 그래서 일행은 나무 밑에 아늑한 잠자리
를 마련하고 아침까지 곤히 잤다. 도로시는 에메랄드 시의 꿈을 꾸
었고, 꿈속에서 자신을 다시 집으로 보내줄 선한 마법사 오즈도 보
았다.

제 8 장

죽음의 양귀비 꽃밭

The Deadly Poppy Field

다음 날 아침 우리의 조촐한 일행은 기운을 차리고 희망에 들떴다. 도로시는 강가 나무에 열린 복숭아와 자두로 공주같이 아침 식사를 마쳤다. 그들 뒤로는 힘든 일을 많이 겪긴 했어도 결국 무사히 통과해낸 어두운 숲이 있었다. 하지만 앞쪽에는 에메랄드 시로 오라고 손짓하듯 예쁘장하고 환한 시골이 펼쳐져 있었다.

아름다운 대지 사이로 넓은 강이 흐르고 있었지만, 뗏목은 이미 거의 완성되어 있었다. 양철 나무꾼이 나무 몇 그루를 더 잘라 나무못으로 연결하자 드디어 떠날 준비가 끝났다. 도로시는 토토를 품에 안고 뗏목 가운데 앉았다. 겁쟁이 사자가 뗏목에 오르자 워낙 덩치가 크고 무거워서 뗏목이 심하게 기우뚱했다. 하지만 허수아비와 양철 나무꾼이 맞은편에 서서 균형을 잡은 후 손에 긴 장대를 쥐고 뗏목을 강으로 밀었다.

처음에는 잘 흘러갔지만, 강 중간에 이르자 빠른 물살 때문에 뗏목이 노란 벽돌 길에서 점점 멀리 밀려났다. 게다가 강물이 워낙 깊어서 장대가 바닥에 닿지 않았다.

양철 나무꾼이 말했다.

"이거 큰일이네. 육지에 닿지 못하면 악한 서쪽 마녀의 나라로 휩쓸려갈 텐데. 마녀가 마법을 걸어서 우리를 노예로 삼을 거야."

"그러면 난 뇌를 갖지 못할 텐데."

허수아비가 말했다.

"그리고 난 용기를 못 얻게 되고."

겁쟁이 사자가 말했다.

"난 심장을 못 얻을 거야."

양철 나무꾼이 말했다.

"난 캔자스로 못 돌아가게 돼."

     The Wonderful Wizard of OZ

도로시가 말했다.

"우린 꼭 에메랄드 시에 가야 해."

허수아비가 말하면서 장대를 힘껏 밀자 강바닥
의 진흙에 장대가 단단히 박혀버렸다. 그가 장대를 다
시 뽑거나 손을 놓기도 전에 뗏목이 휩쓸려 내려
가자 허수아비는 강 가운데 박힌 장대에 매달리
게 되었다.

"잘 가!"

허수아비가 작별 인사를 건넸다. 일행은 그를 두고 가기가 몹시
서운했다. 실제로 양철 나무꾼은 울음을 터드렸지만, 다행히 금세
녹이 슬지 모른다는 것을 깨닫고 도로시의 앞치마로 눈물을 닦았다.

물론 허수아비에게는 몹시 운 나쁜 일이었다.

그는 생각했다.

'처음 도로시를 만날 때보다도 사정이 안 좋구나. 그때는 옥수수
밭에서 장대에 매달려 있어도 까마귀 떼를 겁준다고 믿을 수나 있
었지. 그런데 강 가운데서 장대에 매달린 허수아비는 무슨 쓸모가
있담. 결국 뇌도 못 얻게 되고!'

뗏목은 가여운 허수아비를 덩그러니 남겨두고 그대로 강 아래로
떠내려갔다. 그때 사자가 말했다.

"무사히 강을 건너려면 무슨 수를 내야 해. 내가 강가로 헤엄치면
서 뗏목을 당길 테니까 너희는 내 꼬리 끝에 단단히 매달리기만 해."

사자가 물에 뛰어들자 양철 나무꾼이 사자의 꼬리를 꽉 잡았다. 그러자 사자는 있는 힘껏 강가를 향해 헤엄치기 시작했다. 사자의 덩치가 크긴 해도 힘든 일이었다. 차츰 뗏목이 물살을 헤치고 빠져나오자 도로시는 양철 나무꾼의 긴 장대를 잡고 뗏목을 육지 쪽으로 밀어내는 것을 도왔다.

마침내 강가에 뗏목이 닿자 다들 녹초가 되어 초록빛 풀밭으로 올라갔다. 일행은 물살에 떠밀려 에메랄드 시로 가는 노란 벽돌 길을 멀리 지나쳐 왔음을 알 수 있었다.

"이제 어떻게 하지?"

양철 나무꾼이 물었다. 사자는 풀밭에 누워서 햇살에 몸을 말렸다.

도로시가 말했다.

"어떻게 해서든 길로 돌아가야지."

"길이 다시 나올 때까지 강둑을 따라 걷는 게 가장 좋은 방법이야."

사자가 말했다.

모두 충분히 쉬고 난 후 도로시가 바구니를 들었고, 일행은 풀이 난 강둑을 걷기 시작했다. 강물에 떠밀려 멀어진 노란 벽돌 길로 향하는 동안 꽃과 과일나무와 햇살이 가득한 아름다운 풍경을 보니 다시 기운이 났다. 가여운 허수아비 때문에 속상하지 않았다면, 친구들은 정말 행복했을 것이다.

그들은 있는 힘을 다해 빨리 걸었다. 도로시가 아름다운 꽃을 따기 위해 한 번 멈춘 것이 전부였다. 잠시 후 양철 나무꾼이 소리쳤다.

"저기 봐!"

모두 강을 쳐다보자 강 가운데 박힌 장대에 매달린 허수아비가 외롭고 슬픈 표정을 짓고 있었다.

도로시가 물었다.

"어떻게 하면 허수아비를 구할 수 있을까?"

사자와 나무꾼은 방법을 알 수 없었으므로 고개를 저었다. 일행은 강가에 앉아서 애타게 허수아비를 쳐다보았다. 그때 황새가 날아와 물가에서 쉬려고 멈추었다가 그들을 발견했다.

"너희는 누구지? 어디 가는 길이야?"

황새가 물었다.

"난 도로시고, 이쪽은 내 친구들인 양철 나무꾼과 겁쟁이 사자야. 우리는 에메랄드 시로 가고 있어."

도로시가 대답했다.

"이쪽은 길이 아닌데."

황새는 목을 길게 빼고 이 기묘한 일행을 쏘아보며 말했다.

"나도 알아. 하지만 우린 허수아비가 낙오되어서 어떻게 구할지 궁리 중이야."

도로시가 말했다.

"지금 어디 있는데?"

황새가 물었다.

"저기 강에."

도로시가 대답했다.

"허수아비가 너무 크고 무겁지 않다면, 내가 데려다 주지."

황새가 대답했다.

"허수아비는 하나도 안 무거워. 지푸라기로 되어 있거든. 네가 허수아비를 데려다준다면 정말 고마울 거야."

도로시가 적극적으로 말했다.

"그럼 한번 시도해보긴 할게. 하지만 허수아비가 너무 무거워서 옮길 수 없으면, 다시 강에 빠트릴지도 몰라."

황새가 말했다.

큰 새는 하늘로 솟아올라 강 위를 날다가 허수아비가 매달린 장대가 있는 곳까지 갔다. 황새는 큰 발톱으로 허수아비의 팔을 잡아서 하늘로 날아올랐고, 그대로 강둑으로 그를 데려갔다. 그곳에 도로시, 사자, 양철 나무꾼, 토토가 앉아 있었다.

허수아비는 다시 친구들과 만나자 어찌나 기쁜지 사자와 토토까지 모두 포옹했다. 일행은 다시 길을 따라갔고, 허수아비는 걸음을 옮길 때마다 "톨-드-라이-드-오!"를 불러대며 즐거워했다.

허수아비가 말했다.

"영영 강에 있어야 될 줄 알았는데, 친절한 황새가 구해주었어.

     The Wonderful Wizard of OZ

뇌가 생긴다면 다시 황새를 찾아서 베풀어준 친절에 보답할 테야."

황새가 일행 곁을 날아가며 말했다.

"괜찮아. 나는 언제나 곤란을 겪는 이를 돕는 게 좋아. 하지만 이제 가봐야겠어. 새끼들이 둥지에서 기다리거든. 꼭 에메랄드 시를 찾아서 오즈의 도움을 받기를 바랄게."

"고마워."

도로시가 대답했다. 그러자 친절한 황새는 하늘로 날아오르더니 곧 시야에서 사라졌다.

일행은 색깔 고운 새들의 노래를 듣고 예쁜 꽃들을 구경하면서 걸어갔다. 바닥에 빼곡하게 꽃무리가 융단처럼 피어 있었다. 노랑, 하양, 파랑, 보랏빛의 커다란 꽃들이 피어 있었고, 그 옆으로 펼쳐진 진홍색 양귀비 꽃밭은 색이 어찌나 화려한지 도로시는 그만 어지러울 지경이었다.

"아름답지 않아?"

도로시가 물었다. 그러고서 소녀는 톡 쏘는 향기를 맡았다.

"그런 것 같네. 나도 뇌가 있다면 꽃을 더 좋아할 텐데."

허수아비가 대답했다.

"내게 심장이 있다면 꽃을 사랑하련만."

양철 나무꾼이 거들었다.

사자가 말했다.

"난 늘 꽃을 좋아했어. 워낙 연약해 보여서 말이지. 그런데 숲에서 이렇게 화려한 꽃은 처음 봤는걸."

걷다 보니 커다란 진홍색 양귀비 꽃이 점점 많아지고, 다른 꽃들은 점점 적어졌다. 곧 그들은 드넓은 양귀비 꽃밭 한가운데에 있게 되었다. 양귀비가 많이 모여 있으면 향기가 너무 강해서 그 냄새를 맡는 사람은 잠들어버린다는 사실은 이미 잘 알려져 있다. 잠든 사람을 꽃향기가 나지 않는 곳으로 옮기지 않으면 영영 깨어나지 않는다고 한다.

The Wonderful Wizard of OZ

하지만 도로시는 그런 사실을 몰랐고, 어차피 사방에 펼쳐진 진홍색 꽃밭을 벗어날 수도 없었다. 얼마 못 가 눈꺼풀이 무거워졌다. 앉아서 쉬고, 또 좀 자야 할 것 같았다.

하지만 양철 나무꾼이 그러지 못하게 말렸다.

"어두워지기 전에 서둘러서 노란 벽돌 길을 되찾아 가야 해."

그의 말에 허수아비가 맞장구쳤다. 일행은 계속 걸었지만, 결국 도로시는 더 이상 서 있을 수 없게 되었다. 참으려 했지만 자꾸 눈이 감겼고 결국 자신이 어디 있는지 잊어버린 채 양귀비 속에 쓰러져 잠들었다.

사자가 말했다.

"여기 그냥 두면 도로시는 죽을 거야. 꽃향기가 우리를 다 죽이고 있어. 나만 해도 눈을 뜨고 있기 힘든 데다 개는 벌써 잠들었다고."

정말 그랬다. 토토는 주인 옆에서 자고 있었다. 하지만 허수아비와 양철 나무꾼은 살로 된 사람이 아니어서 꽃향기를 맡아도 탈이 없었다.

허수아비가 사자에게 말했다.

"얼른 달려서 가능한 빨리 이 죽음의 꽃밭을 벗어나도록 해. 도로시는 우리가 데리고 갈게. 하지만 너는 도중에 잠들면, 너무 커서 옮길 수가 없잖아."

"우리 손으로 가마를 만들어서 도로시를 옮기자."

허수아비가 말했다. 그들은 토토를 들어서 도로시의 무릎에 올려

놓고, 팔로 가마를 만들어 잠든 소녀를 태우고 꽃밭을 지나갔다.

그들은 꾸준히 걸었지만, 사방으로 뻗은 죽음의 꽃밭은 끝나지 않을 것만 같았다. 두 사람은 강굽이를 따라가던 도중 양귀비 사이에 누워 잠든 사자를 발견했다. 꽃향기가 너무 강하다 보니 그렇게나 큰 사자도 결국 지고 만 것이다. 멀지 않은 곳에서 양귀비 꽃밭이 끝나고 아름다운 풀밭이 펼쳐졌다.

양철 나무꾼이 서글프게 말했다.

"사자는 너무 무거워서 들 수 없겠어. 우린 아무 것도 해줄 수가 없네. 그래도 사자는 아마 좋은 꿈을 꿀 거야. 마침내 용기를 얻은 꿈을."

"정말 속상한걸. 사자는 겁쟁이치고는 정말 좋은 동반자였는데. 하지만 우린 계속 가야만 하겠지."

허수아비가 말했다.

그들은 잠든 소녀를 강가의 경치 좋은 곳으로 옮겼다. 양귀비 꽃밭에서 멀어진 탓에 이제는 숨을 쉬어도 유독한 향기를 맡지 않을 수 있었다. 양철 나무꾼과 허수아비는 도로시를 풀밭에 가만히 눕히고, 싱그러운 바람이 소녀를 깨울 때까지 기다렸다.

제 9 장

들쥐 여왕

The Queen of the Field Mice

"노란 벽돌 길은 멀지 않을 거야. 강물에 떠내려간 거리만큼 왔으
니까."

허수아비가 도로시 옆에 서서 말했다.

양철 나무꾼은 대답하려다가 낮게 으르렁거리는 소리를 듣고 고
개를 돌렸다(이음매로 연결된 머리통은 수월하게 돌아갔다). 이상
한 동물이 풀밭 위를 달려 그들 쪽으로 오고 있었다. 덩치가 큰 노란
살쾡이를 본 나무꾼은 살쾡이가 귀를 바짝 눕히고 입을 벌린 걸 보
면 뭔가를 쫓고 있다고 생각했다. 흉측한 이빨이 다 드러났고, 두
개의 빨간 눈이 불덩이처럼 번들거렸다. 살쾡이가 더 가까이 왔을
때 양철 나무꾼은 그 앞에서 달아나는 회색 들쥐를 보았다. 나무꾼
은 심장이 없었지만, 살쾡이가 이렇게 귀엽고 순한 동물을 죽이려
하는 것은 잘못임을 알았다.

그래서 나무꾼은 도끼를 들었고, 살쾡이가 앞으로 지나갈 때 얼른 머리통을 뚝 잘랐다. 몸통에서 떨어진 머리통이 두 동강 난 채 그의 발 아래로 굴러왔다.

적이 사라지자 들쥐는 걸음을 멈추고, 천천히 나무꾼에게 다가오면서 찍찍대는 소리로 말했다.

"아, 고마워요! 목숨을 구해줘서 정말 감사해요."

"그런 말 하지 마세요. 난 심장이 없어서, 친구가 필요한 이들은 누구나 도와주려고 해요. 쥐 한 마리라고 해도."

양철 나무꾼이 말했다.

"쥐 한 마리라니? 난 여왕이라고! 모든 들쥐의 여왕인데!"

들쥐가 화를 냈다.

"아, 그렇군요."

양철 나무꾼이 절을 하며 말했다.

"그러니까 당신이 내 목숨을 구한 것은 용기 있는 일이었을 뿐 아니라 훌륭한 행동이었어요."

들쥐 여왕이 말했다.

그 순간 들쥐 몇 마리가 짧은 다리로 부지런히 그들을 향해 달려오더니, 여왕을 보자 환호했다.

"아, 폐하. 저희는 폐하께서 죽임을 당하신 줄 알았습니다! 어떻게 큰 살쾡이를 피하셨습니까?"

들쥐들은 머리가 땅에 닿을 정도로 몸을 굽혀 여왕에게 절했다.

여왕이 대답했다.

"이 괴상한 양철 인간이 살쾡이를 죽이고 내 목숨을 구해주었다. 그러니 앞으로 너희 모두 이분을 섬기고 작은 지시에도 복종해야 한다."

"그러겠습니다!"

쥐들이 찍찍대는 소리로 합창했다. 그러더니 쥐들은 사방으로 흩어졌다. 토토가 잠에서 깨어 주위의 쥐들을 보고는, 신이 나서 짖어대며 달려들었기 때문이었다. 토토는 캔자스에 살 때 늘 쥐를 쫓는 것을 좋아했으므로 그래도 된다고 생각했다.

하지만 양철 나무꾼이 토토를 집어서 꼭 안고 쥐들에게 소리쳤다.

"돌아와요! 돌아오라고요! 토토가 해치지 않을 거예요."

이 말에 들쥐 여왕은 풀 밖으로 고개를 내밀고 풀 죽은 소리로 물었다.

"정말로 개가 우리를 물지 않을까요?"

"못 그러게 할 테니까 걱정하지 마세요."

양철 나무꾼이 대답했다.

쥐들이 한 마리씩 기어 나왔고, 토토는 나무꾼의 품에서 벗어나려 버둥댔지만 다시 짖지는 않았다. 나무꾼의 몸이 양철이라는 것을 몰랐다면, 토토는 그를 물었을 터였다. 마침내 덩치가 가장 큰

쥐가 말했다.

"저희 여왕님의 생명을 구해주신 대가로 저희가 해드릴 일이 있을까요?"

"떠오르는 게 없네요."

나무꾼이 말했다. 하지만 생각하려 해도 지푸라기로 머리가 채워져 그러지 못하는 허수아비가 얼른 대꾸했다.

"아, 있어요. 우리 친구 겁쟁이 사자를 구해주면 되겠네요. 사자는 양귀비 꽃밭에서 자고 있거든요."

"사자라니! 그가 우리를 다 삼켜버릴 텐데."

들쥐 여왕이 말했다.

"아, 아니에요. 그 사자는 겁쟁이인걸요."

허수아비가 대답했다.

"정말인가요?"

여왕이 물었다.

"스스로 그렇게 말하지요. 또 우리 친구를 해치지 않을 거고요. 우리가 그를 구하도록 도와준다면, 사자는 당신들에게 친절하게 대할 거예요."

허수아비가 장담했다.

"알겠어요. 당신 말을 믿어보죠. 그런데 어떻게 해야 되나요?"

　　　The Wonderful Wizard of OZ

여왕이 말했다.

"여왕님을 받들어 명령대로 따르는 쥐가 많은가요?"

"아, 그럼요. 수천 마리지요."

여왕이 대답했다.

"그러면 얼른 그들을 모두 여기로 불러주세요. 각자 끈 하나씩을 가져오게 하고요."

여왕은 시종 쥐에게 몸을 돌려 얼른 백성들을 모이게 하라고 말했다. 쥐들은 여왕의 명을 듣자마자 사방에서 달려왔다.

허수아비가 양철 나무꾼에게 말했다.

"이제 너는 강가의 숲으로 가서 사자를 싣고 올 수레를 만들어 줘."

나무꾼은 당장 숲으로 가서 일을 시작했다. 그는 나뭇잎과 잔가지를 쳐낸 가지로 수레를 만들었다. 나무못으로 가지를 연결하고, 큰 나무의 밑동을 짧게 잘라 네 바퀴로 삼았다. 그는 빠른 속도로 솜씨 좋게 잘 만들었으므로 쥐들이 도착하기 시작할 즈음에는 수레가 준비되었다.

쥐들이 사방에서 몰려와 곧 수천 마리가 모였다. 덩치가 큰 쥐, 작은 쥐, 중간 쥐 할 것 없이 각자 입에 끈을 물고 있었다. 이즈음 도로시가 긴 잠에서 깨어나 눈을 떴다. 풀밭에 누워 있던 도로시는 쥐가 수천 마리 모여서 온순하게 바라보고 있는 광경에 깜짝 놀랐다. 하지만 허수아비가 그간의 일을 다 말해주고, 위엄 있는 모습의 들

쥐 여왕에게 고개를 돌리고 말했다.

"여왕님께 친구를 소개하게 해주십시오, 폐하."

도로시가 얌전하게 고개를 숙이자 여왕도 인사를 받았다. 여왕은 도로시를 다정하게 대해주었다.

허수아비와 나무꾼은 끈을 이용해서 쥐들을 수레에 연결하기 시작했다. 끈의 한쪽 끝을 쥐의 목에 매고, 다른 끝은 수레에 맸다. 물론 수레는 쥐보다 천 배쯤 컸지만, 쥐들이 다 같이 끌면 수레를 쉽게 움직일 수 있을 것 같았다. 허수아비와 양철 나무꾼이 수레에 앉자 쥐들은 말처럼 수레를 끌고 사자가 자는 곳으로 향했다.

사자가 무거워서 한참 끙끙거린 뒤에야 겨우 사자를 수레에 태울 수 있었다. 그러자 여왕은 얼른 쥐들에게 출발하라고 명령했다. 양귀비 꽃밭에 너무 오래 있으면 쥐들마저 잠들까봐 걱정스러워서였다.

처음에는 쥐들이 수가 많기는 해도 무거운 사자를 실은 수레를 끌지 못했다. 하지만 나무꾼과 허수아비가 뒤에서 밀자 수레를 끌기가 한결 수월해졌다. 곧 그들은 사자를 밀고 양귀비 꽃밭을 지나 푸른 들판으로 갔다. 그곳에서 사자는 독성이 심한 꽃향기 대신 다시 향긋하고 싱그러운 공기를 들이마실 수 있었다.

도로시가 그들을 만나러 와서 친구를 죽음에서 구해주어 고맙다고 인사했다. 도로시는 그동안 사자를 좋아하게 되었으므로, 그가 구조되자 기뻤다.

    The Wonderful Wizard of OZ

그러자 쥐들은 수레에서 몸을 풀고, 풀밭을 지나 집으로 조르르 달려갔다. 들쥐 여왕은 쥐들이 다 가도록 남아 있었다.

여왕이 말했다.

"다시 우리가 필요할 때는 들판에 와서 불러요. 우리가 그 소리를 듣고 와서 도와줄게요. 잘 가요!"

"잘 가요!"

일행이 함께 외쳤고, 들쥐 여왕은 가버렸다. 도로시는 토토가 여왕을 쫓아가서 겁주지 못하도록 개를 꼭 안았다.

그후 그들은 사자가 깰 때까지 그의 옆에 앉아 있었다. 허수아비가 근처 나무에서 과일을 따왔고, 도로시는 과일로 저녁 식사를 마쳤다.

제 10 장

수문장

The Guardian of the Gate

겁쟁이 사자는 오랫동안 양귀비 꽃밭에서 치명적인 향기를 맡은 탓에 정신을 차리기까지 오랜 시간이 걸렸다. 하지만 눈을 뜨고 몸을 뒤척여 수레에서 내려오고 나서, 자신이 아직 살아 있음을 알고 굉장히 기뻐했다.

사자는 앉은 자세로 하품을 하며 말했다.

"있는 힘껏 달렸지만 꽃들이 너무 억세서 뚫고 나가기 어려웠어. 어떻게 나를 데리고 온 거야?"

그러자 친구들은 들쥐 이야기며, 쥐들이 그를 죽음에서 구해준 사연을 들려 주었다. 겁쟁이 사자는 웃으면서 말했다.

"항상 내가 굉장히 크고 무시무시하다고 생각했는데, 꽃처럼 작은 것 때문에 죽을 뻔하고, 쥐처럼 작은 동물들이 내 목숨을 구해주다니. 정말 이상하기도 하지! 그런데 친구들, 이제 어쩌지?"

도로시가 말했다.

"노란 벽돌 길을 다시 찾을 때까지 계속 걸어야 해. 그러면 에메랄드 시로 갈 수 있을 거야."

사자가 기운을 차리고 예전처럼 회복되자 일행은 여행을 시작했다. 부드럽고 싱그러운 풀밭을 지나는 것은 무척 즐거웠고, 얼마 지나지 않아 노란 벽돌 길에 도착했다. 그들은 다시 위대한 오즈가 사는 에메랄드 시로 향했다.

길은 걷기 좋게 포장되어 있었고, 시골 풍경은 아름다웠다. 숲에서 벗어나게 되어 어두운 그늘에서 만났던 여러 위험과 멀어진 것이 기뻤다. 다시 길가에 세워진 울타리가 눈에 들어왔지만, 이번에는 초록색으로 칠해져 있었다. 그러다가 작은 집에 다다랐다. 농부가 사는 듯한 이 집도 초록색이었다. 오후에 그들은 이런 집 몇 채를 지나쳤다. 가끔 사람들이 문간에 나와서 그들에게 질문이라도 할 듯이 쳐다보았다. 하지만 커다란 사자가 무서워서, 그들에게 다가오거나 말을 거는 사람은 없었다. 주민들은 아름다운 에메랄드빛 초록색 옷을 입고, 뭉크킨들처럼 끝이 뾰족한 모자를 쓰고 있었다.

도로시가 말했다.

"여긴 틀림없이 오즈의 땅일 거야. 우리는 에메랄드 시에 가까이 있는 거야."

허수아비가 대답했다.

"맞아. 여긴 뭐든 초록색이군. 뭉크킨 나라는 파란색이었잖아.

하지만 이들은 뭉크킨들처럼 다정해 보이지는 않네. 밤을 보낼 만
한 곳을 못 찾을 것 같아 걱정이야."

"과일 말고 다른 걸 먹고 싶은데. 또 토토도 굶어죽을 지경일 거
고. 우리 다음 집에 들러서 말을 걸어보자."

도로시가 말했다.

그들이 큰 농가 앞에 이르자 도로시가 용감하게 문을 두드렸다.
한 여성이 문을 살짝 열고 말했다.

"왜 그러니, 애야? 그런데 커다란 사자하고는 왜 같이 있는 거
냐?"

"허락해 주시면 저희가 댁에서 밤을 보냈
으면 해서요. 사자는 제 친구고 길동무랍
니다. 무슨 일이 있어도 여러분을 해치지
않을 거예요."

도로시가 대답했다.

"사자가 온순하니?"

부인이 문을 조금 더 열면
서 물었다.

"네, 그럼요. 게다가 굉
장히 겁쟁이에요. 아줌마가
사자를 무서워하는 것보다 사자가 아줌
마를 더 무서워할걸요."

     The Wonderful Wizard of OZ

소녀가 말했다.

부인은 좀 더 생각해보고, 사자를 한 번 더 쳐다보고 나서 말했다.

"그렇다면 들어와도 좋다. 내가 저녁밥이랑 잠자리를 마련해주마."

그래서 다들 집으로 들어갔다. 안에는 부인 외에 두 명의 아이와 성인 남성 한 명이 있었다. 남자는 다리를 다쳐서 구석의 소파에 누워 있었다. 가족은 이상한 손님들을 보고 깜짝 놀란 기색이 역력했다. 아줌마가 상을 차리느라 분주한 사이 남자가 물었다.

"다들 어디 가는 길이니?"

"에메랄드 시에 위대한 오즈를 만나러 가요."

도로시가 대답했다.

"아, 그렇구나! 오즈가 너희를 만나줄까?"

남자가 물었다.

"안 만나줄 이유라도 있나요?"

도로시가 물었다.

"그 마법사는 아무도 자기 옆에 오지 못하게 한다는 말이 있거든. 나도 에메랄드 시에 몇 번 가봤는데, 아름답고 멋진 곳이지만 위대한 오즈를 만나도 좋다는 허락은 못 받았지. 그를 봤다는 사람도 만난 적이 없고."

남자가 대답했다.

"오즈는 밖에 나오지 않나요?"

허수아비가 물었다.

"그래, 절대로. 언제나 궁전의 큰 알현실에 있고, 시중드는 사람들도 직접 보지 못한다더라."

"오즈가 어떻게 생겼는데요?"

도로시가 물었다.

남자는 잠시 생각하다가 대답했다.

"그건 말하기 힘들지. 오즈는 위대한 마법사여서 뭐든 원하는 형태로 변할 수 있어. 어느 날에는 새로 보였다가 잠시 후에는 코끼리로 변하기도 하지. 어떤 날은 고양이로 변신하고. 사람들에게 아름다운 요정이나 브라우니(밤에 나타나서 농가의 일을 도와준다는 작은 요정―옮긴이)나 원하는 다른 모습으로 나타나기도 하지. 하지만 누가 진짜 오즈고, 언제 원래의 모습으로 있는지 누구도 구분하지 못한단다."

"정말 이상하네요. 그래도 저희는 어떻게든 그를 만나려고 노력해야 해요. 안 그러면 우리 여행이 헛수고가 되어버리니까요."

도로시가 말했다.

"왜 무시무시한 오즈를 만나고 싶어하는데?"

남자가 물었다.

"오즈가 저한테 뇌를 주면 좋겠어요."

허수아비가 열띤 어조로 대답했다.

     The Wonderful Wizard of OZ

"그래, 오즈라면 쉽게 그럴 수 있겠지. 필요한 것 이상의 뇌를 가졌으니."

"저는 심장을 받고 싶어요."

양철 나무꾼이 말했다.

"오즈라면 어려운 일이 아니겠지. 오즈는 갖가지 크기와 모양의 심장들을 많이 갖고 있으니까."

남자가 대답했다.

겁쟁이 사자가 말했다.

"저는 오즈한테 용기를 얻고 싶어요."

"오즈의 알현실에는 커다란 용기 항아리가 있단다. 용기가 흘러내리지 않도록 단지에 금판을 덮어두었지. 오즈는 기꺼이 용기를 나눠줄 거다."

아저씨가 말했다.

"그리고 저는 오즈가 저를 캔자스로 보내주면 좋겠어요."

"캔자스가 어딘데?"

남자가 놀라서 물었다.

도로시는 서글프게 대답했다.

"그건 모르지만, 거기가 제 집이에요. 틀림없이 어딘가 있을 거예요."

"그렇겠지. 그래, 오즈는 무슨 일이든 할 수 있지. 그러니 그가 캔자스를 찾아줄 거야. 하지만 먼저 오즈를 만나야 하는데, 그게 힘든 일이겠구나. 위대한 마법사는 아무도 안 만나고 평소에는 혼자서 지내는 것 같으니까. 그런데 너는 원하는 게 뭐지?"

그가 토토에게 말을 걸었다. 토토는 꼬리만 살랑거릴 뿐이었다. 이상한 얘기지만 토토는 말을 하지 못했다.

그때 부인이 식사가 준비되었다고 불러서, 일행은 식탁에 모여 앉았다. 도로시는 맛있는 죽과 스크램블드에그와 흰 빵 한 접시를 맛있게 먹었다. 사자는 죽을 맛봤지만 그의 입에는 맞지 않았다. 그는 죽이 귀리죽이라며 귀리는 사자가 아니라 말이나 먹을 음식이라고 말했다. 허수아비와 양철 나무꾼은 아무것도 먹지 않았다. 토토는 음식을 골고루 조금씩 먹었고, 다시 식사하게 되어 기뻐했다.

부인이 도로시에게 잠자리를 마련해주자 토토가 곁에 누웠고, 사자는 도로시가 방해받지 않도록 문을 지켰다. 허수아비와 양철 나무꾼은 구석에 서서 조용히 밤을 지냈다. 물론 그들은 잘 수가 없었다.

다음 날 아침 해가 뜨자마자 일행은 길을 나섰고, 곧 하늘에서 아름다운 초록색 빛을 보았다.

"틀림없이 에메랄드 시일 거야."

도로시가 말했다.

그들이 계속 걸어가자 초록빛은

The Wonderful Wizard of OZ

점점 환해졌고, 마침내 목적지에 가까워진 것 같았다. 하지만 그들은 오후가 되어서야 도시를 둘러싼 거대한 벽에 다다랐다. 성벽은 높고 두꺼웠으며, 밝은 초록색이었다.

일행의 앞으로, 노란 벽돌 길 끝에 큰 문이 있었다. 문에 박힌 에메랄드가 햇빛을 받아 어찌나 반짝이던지 눈을 그려넣은 허수아비까지도 그 반짝임에 눈이 부셨다.

문 옆에 종이 있어서 도로시가 단추를 누르자 종 안에서 소리가 울려 퍼졌다. 그 순간 큰 문이 천천히 열렸다. 문 안으로 들어가보니 천장이 높은 아치로 된 방이었다. 사방 벽에 촘촘히 박힌 에메랄드가 반짝거렸다.

그들 앞에 뭉크킨 사람들만 한 작은 사람이 서 있었다. 사내는 머리부터 발끝까지 초록색 옷을 입었고, 피부도 초록 빛깔이었다. 사내 옆에는 커다란 초록색 상자가 놓여 있었다.

그가 도로시와 친구들을 보더니 물었다.

"에메랄드 시에는 무슨 일로 오셨나요?"

"위대한 오즈님을 만나러 왔는데요."

도로시가 대답했다.

사내는 도로시의 말에 깜짝 놀라더니, 주저앉아 생각에 잠겼다.

그가 당황해서 고개를 저으며 중얼댔다.

"누구에게 오즈님을 만나게 해 달라는 부탁을 받은 지 오래됐거든요. 오즈님은 강하고 무시무시해서, 어리석거나 허튼 일 때문에

위대한 마법사의 지혜로운 생각을 방해한다면 당장 화를 내고 당신을 없애버릴 거예요."

"하지만 우리는 어리석거나 허튼 일 때문이 아니라 중요한 일로 찾아왔어요. 또 오즈님이 선한 마법사라는 얘기를 들었고요."

허수아비가 대꾸했다.

초록 사내가 말했다.

"그거야 그렇죠. 또 오즈님은 에메랄드 시를 현명하게 잘 다스리세요. 하지만 정직하지 않거나 호기심 때문에 찾아온 사람들은 무시무시하게 대하시거든요. 그래서 감히 그분을 직접 뵙겠다고 청하는 사람이 없답니다. 나는 수문장이고, 당신들이 위대한 오즈님을 뵙기를 청하니 오즈님의 궁전으로 데려가야겠군요. 하지만 먼저 안경을 써야 합니다."

"왜요?"

도로시가 물었다.

"안경을 쓰지 않으면 에메랄드 시의 광채에 눈이 멀게 돼요. 이곳에 사는 주민들도 밤낮으로 안경을 쓰고 있어요. 오즈님이 처음 도시를 지을 때 명령하셨기 때문에 다들 안경을 착용하고 있죠. 안경을 벗을 수 있는 열쇠는 오직 나만 갖고 있어요."

수문장이 들고 있던 큰 상자를 열었고, 도로시는 안에 든 다양한 크기와 온갖 모양의 안경을 보았다. 안경

알은 모두 초록색이었다. 수문장은 도로시에게 맞을 만한 안경을 골라서 씌워주었다. 안경에 달린 금색 띠 두 개가 뒤통수에서 만나, 한데 여며져 열쇠로 잠겼다. 쇠줄 끝에 달린 작은 열쇠는 수문장이 목에 매달고 다녔다. 열쇠를 잠그자 도로시는 안경을 벗고 싶어도 그럴 수 없었지만, 에메랄드 시의 광채에 눈이 머는 것은 원치 않았기에 잠자코 있었다.

수문장은 허수아비, 양철 나무꾼, 사자, 토토에게도 안경을 씌워주었다. 그리고는 모두 열쇠로 안경을 단단히 잠갔다.

그러고 나서 수문장은 자기도 안경을 쓰더니 궁전으로 데려갈 준비가 됐다고 말했다. 그는 벽에 달린 못에서 커다란 금색 열쇠를 빼서 다른 문을 열었다. 일행은 수문장을 따라 현관을 지나 에메랄드 시의 거리로 나갔다.

제 11 장

놀라운 오즈의 에메랄드 시

The Wonderful Emerald City of Oz

도로시와 친구들은 초록색 안경으로 눈을 가렸는데도 처음에는
이 놀라운 도시의 광채에 눈이 부셨다. 거리에 늘어선 초록색 대리
석으로 지은 아름다운 집들마다 반짝이는 에메랄드가 박혀 있었다.
일행은 초록색 대리석이 깔린 길을 걸었다. 도로들은 햇살을 받아
반짝이는 촘촘히 박힌 에메랄드로 이어져 있었다. 창마다 초록색
유리가 끼워져 있었고, 도시 위의 하늘도 초록색이었다. 쏟아지는
햇살도 초록색이었다.

남자, 여자, 아이 할 것 없이 많은 사람들이 걸어다녔고, 하나같
이 초록색 옷을 입고 피부 역시 초록색이었다. 그들은 도로시와 이
상한 일행을 이상한 듯 쳐다보았고, 아이들은 사자를 보고는 달아
나서 어머니 뒤에 숨었다. 하지만 아무도 그들에게 말을 걸지 않았
다. 거리에는 상점이 많았는데, 도로시는 상점 안에 있는 것이 죄다

초록색임을 알았다. 초록색 구두, 초록색 모자, 각종 초록색 옷뿐 아니라 초록색 사탕과 초록색 팝콘도 팔고 있었다. 어떤 곳에서는 남자가 초록색 레모네이드를 팔았고, 도로시는 아이들이 그것을 사면서 초록색 동전을 내는 것을 볼 수 있었다.

말이나 다른 동물들은 없는 것 같았다. 사람들은 작은 초록색 수레에 짐을 싣고 앞으로 밀고 갔다. 다들 행복하고 만족스럽고 풍요로워 보였다.

수문장을 따라 거리를 걷다보니, 마침내 큰 건물이 나타났다. 위대한 마법사 오즈의 궁전은 도시 한가운데 있었다. 문 앞에는 초록색 제복을 입고 긴 초록색 수염을 기른 병사가 있었다.

수문장이 병사에게 말했다.

"손님들이시다. 이들은 위대한 오즈님을 만나겠다고 한다."

병사가 대답했다.

"안으로 들어오시면 오즈님께 가서 알리겠습니다."

그들은 궁전 문을 지나서 큰 방으로 안내되었다. 방에는 초록색 양탄자가 깔려 있고 에메랄드가 박힌 아름다운 초록색 가구가 놓여 있었다. 병사는 일행에게 방에 들어가기 전에 초록색 발판에 발을 닦으라고 했다. 병사는 그들을 자리에 앉히고 공손히 말했다.

     The Wonderful Wizard of OZ

"편히 쉬고 계십시오, 제가 알현실 문으로 가서 오즈님께 여러분이 오셨다고 알리겠습니다."

그들은 병사가 돌아올 때까지 오래 기다렸다. 마침내 병사가 돌아오자 도로시가 그에게 물었다.

"오즈님을 뵈었나요?"

"아, 아닙니다. 직접 뵙지는 못했습니다. 하지만 오즈님께서 가리개 뒤에 앉아 계시는 동안 제가 말씀을 드렸지요. 원한다면 오즈님께서는 여러분을 만나보시겠다고 합니다. 하지만 한 번에 한 사람씩만 들어가야 합니다. 또 하루에 한 명씩만 만나주실 겁니다. 궁전에 며칠간 머물러야 할 테니, 제가 긴 여행 후 편히 쉴 수 있는 방으로 안내하겠습니다."

"고맙습니다. 오즈님은 친절한 분이시군요."

도로시가 대답했다.

병사가 초록색 호루라기를 불자 곧 예쁜 초록색 비단 옷을 입은 아가씨가 방으로 들어왔다. 고운 초록색 머릿결과 초록색 눈을 가진 아가씨는 도로시에게 인사하면서 말했다.

"저를 따라오시면 방으로 안내해드리겠습니다."

그래서 도로시는 토토를 제외한 친구들에게 인사를 하고, 강아지를 품에 안고 초록빛 일색의 아가씨를 따라갔다. 복도 일곱 곳을 지나 세 층을 올라가니 궁전의 앞쪽에 있는 방이 나왔다. 도로시는 그렇게 예쁜 방은 처음 보았다. 푹신하고 편안한 침대에는 초록빛 비단 시트가 깔려 있고, 마찬가지로 초록색 벨벳 겉 덮개가 씌워져 있었다. 방 가운데는 작은 분수가 있어 초록색 향수가 공중으로 솟구쳤다가 아름답게 조각된 초록 대리석 받침에 떨어졌다. 창가에는 아름다운 초록색 꽃들이 놓여 있고, 책꽂이에는 초록색 책들이 꽂혀 있었다. 도로시는 잠시 짬이 난 동안 책을 펼쳤다가 요상한 초록색 삽화들이 너무 우스워서 웃음을 터뜨렸다.

옷장에는 비단과 공단과 벨벳으로 지은 초록색 옷이 가득했다. 하나같이 도로시의 몸에 꼭 맞았다.

"편히 지내시고, 혹시 필요한 게 있으시면 종을 울리세요. 오즈님께서 내일 아침에 아가씨를 부르러 사람을 보내실 겁니다."

아가씨는 도로시를 혼자 두고 방에서 나와 다른 일행들에게 돌아갔다. 그녀는 도로시의 친구들도 방으로 안내했고, 그들 모두는 궁전의 쾌적한 곳에서 쉬게 되었다. 물론 이런 호의도 허수아비에게는 헛된 것이 되었다. 허수아비는 방에 혼자 남겨지자 어리석게도 문 바로 안쪽에 서서 아침까지 기다렸다. 그는 누워서 휴식을 취할 수도 없었고, 눈을 감지도 못했다. 그래서 밤새도록 작은 거미가 방 구석에 집을 짓는 것만 지켜보았다. 양철 나무꾼은 몸이 살로 되었을 때를 기억하고는 습관적으로 침대에 누웠다. 하지만 잠을 잘 수가 없어서 밤새도록 관절을 올렸다 내렸다 하면서 잘 움직여지는지 확인했다. 사자는 숲에서 마른 낙엽더미에서 자는 편이 더 좋을 거라고 생각했다. 방에 갇혀 있는 게 싫었지만, 공연히 걱정에 빠져들

    The Wonderful Wizard of OZ

만큼 무지하지는 않았다. 그는 침대로 펄쩍 올라가서 고양이처럼 몸을 말고 그르렁대다가 곧 잠들었다.

다음 날 아침, 식사를 마친 후 초록 아가씨가 도로시를 데리러 왔다. 그녀는 도로시에게 가장 예쁜 드레스를 입혀주었다. 무늬를 넣어 짠 초록색 공단 드레스였다. 도로시는 초록색 비단 앞치마를 두르고, 토토의 목에 초록색 리본을 매주었다. 그들은 위대한 오즈의 알현실로 향했다.

처음 들어선 커다란 홀에는 궁정의 숙녀들과 신사들이 화려한 차림으로 서 있었다. 이들은 서로 수다를 떠는 것 외에 할 일이 없었지만, 매일 아침 알현실 밖에서 대기했다. 사실 그들은 오즈를 본 적조차 없었다. 도로시가 들어가자 그들은 호기심 어린 눈초리로 쳐다보았고, 한 사람이 소곤거렸다.

"정말로 무시무시한 오즈님을 직접 뵐 작정이니?"

"그럼요. 절 만나만 주신다면요."

도로시가 대답했다.

전날 마법사에게 소식을 전했던 병사가 말했다.

"아, 오즈님께선 사람들이 뵙기를 청하는 것을 싫어하시지만, 아가씨를 만나실 겁니다. 사실 처음에는 화를 내면서 아가씨 일행을 온 곳으로 돌려보내라고 하셨지요. 그러더니

The Wonderful Wizard of OZ

아가씨가 어떻게 생겼느냐고 물으셨어요. 아가씨의 은 구두에 대해 말하자 오즈님께선 대단한 관심을 보이시더군요. 마지막으로 아가씨의 이마에 난 표식에 대해 말씀드렸더니, 아가씨 일행의 알현을 허락하겠다고 결정하셨지요."

바로 그때 종이 울리자 초록 아가씨가 도로시에게 말했다.

"저게 신호입니다. 알현실에는 혼자 들어가야 합니다."

그녀가 작은 문을 열자 도로시는 당당하게 안으로 들어갔다. 근사한 곳이었다. 크고 둥근 방에 아치 모양으로 된 천장이 높았고, 벽과 천장과 바닥에는 큼직한 에메랄드가 촘촘히 박혀 있었다. 천장 가운데에는 거대한 등이 달려 있었다. 태양처럼 환한 빛 때문에 에메랄드가 근사하게 반짝거렸다.

하지만 가장 도로시의 관심을 끈 것은 방 가운데 있는 큰 초록색 대리석 왕좌였다. 의자 모양이었고, 다른 것들처럼 보석이 박혀 반짝거렸다. 의자 가운데에는 떠받치는 몸통이나 팔다리도 없이 머리통만 덩그러니 놓여 있었다. 머리칼은 없지만 눈, 코, 입이 있고, 거인의 머리통보다도 컸다.

도로시가 놀라고 두려워하며 쳐다보자 두상이 천천히 눈을 돌리더니 날카로운 눈초리로 소녀를 빤히 쳐다보았다.

"나는 위대하고 무시무시한 오즈다. 너는 누구며 왜 나를 찾지?"

큰 머리에서 나올 법한 무서운 목소리가 아니어서 도로시는 용기를 내어 대답했다.

"저는 작고 얌전한 도로시라고 해요. 도움을 청하러 왔어요."

한동안 머리는 생각에 잠긴 눈길로 도로시를 응시했다. 그러더니 말했다.

"은 구두는 어디서 얻었지?"

"악한 동쪽 마녀한테서요. 제가 타고 온 집이 마녀 위로 떨어져서 마녀가 죽었거든요."

도로시가 대답했다.

"이마의 표식은 어디서 얻었느냐?"

오즈가 물었다.

"착한 북쪽 마녀가 작별 인사를 하고 절 오즈님께 보내면서 입을 맞춰주었어요."

도로시가 말했다.

이번에도 머리는 도로시를 날카롭게 쳐다보았다. 그는 소녀의 말이 사실이라는 것을 알았다. 그러자 오즈가 물었다.

"내가 무엇을 해주기를 바라느냐?"

"저를 캔자스로 보내주세요. 엠 숙모와 헨리 삼촌이 거기 계시거든요. 오즈님의 나라는 굉장히 아름답기는 하지만 제 마음에는 들지 않네요. 또 제가 너무 오랫동안 안 돌아가서 엠 숙모가 무척 걱정하실 거예요."

도로시가 간절하게 대답했다.

머리가 눈을 세 번 깜빡이더니 천장을 올려다보다가 다시 바닥을

   The Wonderful Wizard of OZ

내려다보았다. 눈을 어찌나 이상하게 굴리는지 방의 구석구석을 보는 것 같았다. 마침내 오즈의 눈이 다시 도로시에게 향했다.

오즈가 물었다.

"내가 왜 그렇게 해줘야 하지?"

"오즈님은 강하시고 저는 약하니까요. 오즈님은 위대한 마법사이시지만, 저는 힘없는 어린 소녀에 불과하잖아요."

도로시가 대답했다.

오즈가 말했다.

"하지만 네겐 악한 동쪽 마녀를 죽일 수 있는 힘이 있었다."

"그건 우연이었어요. 저도 어쩔 수가 없었다고요."

도로시가 맞받아쳤다.

오즈가 말했다.

"그러면 내가 답을 주지. 내가 너를 캔자스로 돌려 보내줄 거라고 기대할 권리가 네겐 없다. 보답으로 나에게 뭔가 줄 수 있다면 또 모르지만. 이 나라에서는 누구나 무엇을 얻든 대가를 지불해야 한다. 내 마법을 이용해서 집에 가기를 바란다면 네가 먼저 나를 위해 뭔가 해야 한다. 나를 도와주면 나도 너를 돕겠다."

"제가 뭘 해야 하나요?"

도로시가 물었다.

"악한 서쪽 마녀를 죽여라."

오즈가 대답했다.

"저는 못 해요!"

도로시가 깜짝 놀라 외쳤다.

"동쪽 마녀를 죽이고 은 구두를 얻었지 않느냐. 그 구두에는 강력한 힘이 담겨 있어. 이제 이 나라에 악한 마녀는 한 명밖에 안 남았지. 네가 그녀를 없애면 나는 너를 캔자스로 돌려 보내줄 것이다. 그 전에는 어림없어."

도로시는 울기 시작했다. 너무나 실망스러웠다. 오즈는 다시 눈을 깜빡이더니 초조하게 바라보았다. 위대한 오즈는 도로시가 원하면 얼마든지 자신을 도와줄 수 있다고 믿고 있는 듯했다.

도로시는 흐느꼈다.

"저는 고의로 무엇을 죽인 적이 없어요. 또 그러려고 한다고 해도, 어떻게 악한 마녀를 죽일 수 있단 말인가요? 위대하고 무시무시한 오즈님도 하지 못하는 일을 제가 어떻게 할 수 있겠어요?"

"방법이야 나도 모르겠지만, 내 대답은 그렇다. 악한 마녀가 죽을 때까지 너는 삼촌과 숙모를 다시 보지 못할 거야. 마녀가 사악하니—아주 지독하게 사악하지—반드시 죽여야 된다는 점을 명심해라. 이제 가거라. 네

     The Wonderful Wizard of OZ

가 맡은 일을 마칠 때까지는 다시 만나자고 청하지 마라."

도로시는 슬픔에 잠겨 알현실에서 나왔다. 사자, 허수아비, 양철 나무꾼은 오즈가 도로시에게 뭐라고 했는지 들으려고 기다리고 있었다.

도로시가 슬픔에 젖어 말했다.

"나는 가망이 없어. 오즈님은 내가 악한 서쪽 마녀를 죽일 때까지는 집에 안 보내줄 거래. 그런데 난 마녀를 죽일 수 없잖아."

친구들은 안타까웠지만 도울 방법이 없었다. 그래서 도로시는 자기 방으로 가서 침대에 누워 울다가 잠들었다.

다음 날 아침 초록 수염의 병사가 허수아비를 데리러 와서 말했다.

"저를 따라오세요. 오즈님께서 부르십니다."

허수아비는 병사를 따라서 알현실로 들어갔고, 에메랄드 왕좌에 앉은 비할 데 없이 아름다운 숙녀를 보았다. 그녀는 초록색 실크 드레스를 입고, 늘어뜨린 초록색 머리에는 보석 왕관을 쓰고 있었다. 어깨에 돋은 빛나는 날개는 색이 곱고 너무도 가벼워 약간의 공기의 움직임만으로도 파르르 진동했다.

그 아름다운 여인 앞에서 허수아비는 몸에 채운 지푸라기가 허락하는 한도 내에서 가장 깊이 절했다. 여인은 그를 그윽하게 바라보면서 말했다.

"나는 위대하고 무시무시한 오즈다. 그대는 누구이며 왜 나를 찾아왔는가?”

도로시가 말한 거대한 두상을 보리라 예상했던 허수아비는 정말 놀랐다. 하지만 용감하게 대답했다.

“저는 그저 지푸라기로 만든 허수아비입니다. 뇌도 없지요. 제 머리에 지푸라기 대신 뇌를 넣어 달라고 부탁하려고 오즈님께 왔어요. 이 나라의 다른 사람과 똑같아질 수 있도록 말입니다.”

“내가 왜 네게 그렇게 해줘야 하지?”

여인이 물었다.

“당신은 현명하고 능력 있으시고, 다른 사람은 저를 도와줄 수 없으니까요.”

허수아비가 대답했다.

여인이 말했다.

“나는 대가 없이는 은혜를 베풀지 않는다. 하지만 이것만큼은 약속하겠다. 네가 나를 위해 사악한 서쪽 마녀를 죽인다면 네게 훌륭한 뇌를, 아주 많이 줄 것이다. 네가 오즈의 나라에서 가장 현명한 사람이 될 만큼 충분히 줄 것이다.”

“도로시에게도 마녀를 죽이라고 청하신 줄 알았는데요.”

허수아비가 놀라서 말했다.

“그랬지. 누가 마녀를 죽이든 상관없다. 하지만 마녀가 죽을 때까지는 너의 소원을 들어주지 않을 것이다. 이게 가라. 네가 그다지도 바라는 뇌를 얻을 수 있을 때까지는 다시 날 찾아오지 말아라.”

     The Wonderful Wizard of OZ

허수아비는 슬퍼하며 친구들에게 돌아와서 오즈가 한 말을 전했다. 도로시는 위대한 마법사가 자기가 본 두상이 아니라 아름다운 여인이라는 데 놀랐다.

허수아비가 말했다.

"양철 나무꾼처럼 오즈에게도 심장이 필요해."

다음 날 아침 초록 수염의 병사가 양철 나무꾼에게 와서 말했다.

"오즈님께서 부르십니다. 따라오시지요."

그래서 양철 나무꾼은 병사를 따라서 넓은 알현실로 갔다. 오즈가 아름다운 여인일지 머리일지 알 수 없었지만, 아름다운 여인이기를 바랐다. 그는 속으로 중얼댔다. '만일 머리라면 나는 심장을 얻지 못할 거야. 머리통에는 심장이 없으니까 내게 동정심도 못 느낄 테니 말이지. 하지만 아름다운 숙녀라면 심장을 달라고 간청해야지. 숙녀들은 친절한 마음을 가졌다고들 하잖아.'

알현실에 들어선 양철 나무꾼은 두상도 여인도 보지 못했다. 오즈는 다시 없이 무서운 야수의 모습이었다. 덩치가 코끼리만 해서 초록색 왕좌가 무게를 지탱하지 못할 것 같았다. 야수의 머리통은 코뿔소 같았는데, 눈이 다섯 개나 달려 있었다. 몸통에서 긴 팔 다섯 개가 뻗어 나왔고, 가늘고 긴 다리도 다섯 개였다. 양털 같은 털이 덥수룩했고, 상상할 수 있는 어떤 괴물보다도 무시무시했다. 이 순간만큼은 양철 나무꾼에게 심장이 없어 다행이었다. 심장이 있었다면 겁이 나서 마구 쿵쾅거렸을 테니까. 하지만 양철로 되어 있는 나무꾼에겐 이 상황이 실망스럽긴 해도 두렵지는 않았다.

야수가 으르렁대는 목소리로 말했다.

"나는 위대하고 무시무시한 오즈다. 너는 누구며 왜 나를 찾아왔지?"

"저는 나무꾼이고 양철로 만들어졌습니다. 전 심장이 없어서 사랑을 하지 못합니다. 다른 사람들처럼 제게도 심장을 주시기를 간청합니다."

"내가 왜 그렇게 해줘야 하지?"

야수가 물었다.

"제가 이렇게 부탁드리니까요. 또 오즈님만이 제 청을 들어주실 수 있으니까요."

나무꾼이 대답했다.

오즈는 이 말을 듣고 낮게 으르렁대더니, 무뚝뚝하게 말했다.

"네가 심장을 원한다면, 얻어내야겠지."

"어떻게요?"

양철 나무꾼이 물었다.

야수가 대답했다.

"도로시가 악한 서쪽 마녀를 죽이는 것을 도와라. 마녀가 죽으면 내게 오라. 그러면 오즈의 나라에서 가장 크고, 가장 친절하며, 가장 사랑이 넘치는 심장을 주겠다."

그래서 양철 나무꾼은 슬퍼하며 친구들에게 돌아와서 무시무시한 야수를 봤다는 이야기를 했다. 다들 위대한 마법사가 몇 가지로 변신할 수 있는지 궁금했다. 사자가 말했다.

"내가 만나러 갔을 때도 야수라면 목청껏 으르렁대서 겁나게 만들어 내 청을 들어주게 할 테야. 또 오즈가 아름다운 여인이라면 달려드는 체해서 내 소원을 들어주게 해야지. 만약 거대한 두상이라면 내 마음대로 할 거고. 그가 내가 바라는 대로 해준다고 약속할 때까지 두상을 방바닥에 굴릴 거야. 그러니 친구들, 기운 내라고. 다 잘될 거야."

다음 날 아침, 초록 수염의 병사가 사자를 알현실로 데려가서 오즈를 만나게 해주었다.

사자는 문으로 들어서기 무섭게 주위를 휙 둘러보았다. 놀랍게도 왕좌 앞에 불덩이가 있었다. 어찌나 강렬하게 빛나는지, 도저히 쳐다볼 수 없을 정도였다. 문득 오즈가 사고로 불길에 휩싸여 타고 있다는 생각이 들었지만 가까이 다가가려니 열기가 너무 강해서 수염이 탈 것 같았다. 사자는 떨면서 문에서 가까운 곳으로 물러났다.

그때 불덩이에서 낮고 조용한 목소리가 흘러나와 이렇게 말했다.

"나는 위대하고 무시무시한 오즈다. 너는 누구이며 왜 나를 찾아왔느냐?"

사자가 대답했다.

"저는 모든 게 무서운 겁쟁이 사자입니다. 오즈님께 용기를 달라고 부탁하러 왔습니다. 사람들이 부르는 것처럼 실제로도 맹수의

왕이 될 수 있게요."

"내가 왜 너한테 용기를 줘야 하지?"

오즈가 물었다.

"모든 마법사 중에 가장 위대하시고, 오즈님만이 제 청을 들어줄 능력을 가지고 계시니까요."

사자가 대답했다.

불덩이가 한동안 거세게 타오르더니 다시 목소리가 들려왔다.

"내게 악한 마녀가 죽었다는 증거를 가져오면 그 즉시 네게 용기를 주겠다. 하지만 마녀가 살아 있는 한, 너는 겁쟁이로 남아야 한다."

사자는 이 말에 화가 났지만 아무 대꾸도 할 수가 없었다. 그가 말없이 불덩이만 쳐다보는 사이 불덩이가 성난 듯 뜨겁게 타올랐고 사자는 몸을 돌려 방에서 뛰어나왔다. 기다리는 친구들을 보니 몹시 반가웠다. 사자는 마법사와의 무시무시한 만남에 대해 이야기했다.

"우린 이제 어쩌지?"

도로시가 서글프게 물었다.

사자가 대답했다.

"우리가 할 수 있는 일이 딱 한 가지 있어. 윙키 나라에 가서 악한 마녀를 찾아서 없애는 거야."

"하지만 만약 못하면?"

소녀가 물었다.

"그럼 나는 용기를 얻지 못하겠지."

사자가 대답했다.

"나는 뇌를 얻지 못할 거고."

허수아비가 맞장구쳤다.

"나는 심장을 얻지 못할 거야."

양철 나무꾼이 말했다.

"그리고 나는 엠 숙모와 헨리 삼촌에게 못 돌아가는 거야."

도로시가 울기 시작했다.

초록빛 아가씨가 소리쳤다.

"조심해요! 눈물이 초록색 비단 옷에 흘러내리면 얼룩이 생겨요."

그래서 도로시는 눈물을 닦고 말했다.

"한번 해봐야겠지. 하지만 난 남을 죽이고 싶지 않아. 설령 엠 숙모를 다시 만나기 위해서라고 해도."

사자가 말했다.

"내가 같이 갈게. 하지만 나 같은 겁쟁이는 마녀를 못 죽일 거야."

"나도 갈게. 하지만 나 같은 바보가 별 도움이 될 수 있을까?"

허수아비가 말했다.

"상대가 마녀라 해도 해칠 수 있는 심장이 내겐 없어. 그래도 네가 가면 당연히 나도 함께 갈 거야."

양철 나무꾼이 말했다.

결국 그들은 다음 날 아침 길을 떠나기로 결정했다. 나무꾼은 초록색 숫돌에 도끼날을 갈고 관절에 기름칠을 했다. 허수아비가 새 지푸라기를 채우자 도로시는 그가 더 잘 볼 수 있도록 물감으로 눈을 다시 그려주었다. 일행에게 친절히 대해준 초록 아가씨는 도로시의 바구니에 먹을 것을 담고, 작은 종이 달린 초록 리본을 토토의 목에 매주었다.

다들 일찍 잠자리에 들어 날이 밝도록 곤히 잤다. 그들은 궁전 뒷마당에 사는 초록색 공작새의 울음 소리와 초록색 알을 낳은 암탉의 꼬꼬댁 소리에 잠이 깼다.

제 12 장

악한 마녀를 찾아서

The Search for the Wicked Witch

도로시와 친구들은 초록 수염 병사를 따라 에메랄드 시의 거리를 지나 수문장이 사는 방에 도착했다. 수문장이 그들의 안경을 벗겨서 커다란 상자에 집어넣고, 예의 바르게 대문을 열어주었다.

"악한 서쪽 마녀가 있는 곳으로 가려면 어느 길로 가야 하나요?"

도로시가 물었다.

"길이 없는데. 그쪽으로 가려는 사람이 없거든요."

수문장이 대답했다.

"그럼 마녀를 찾으려면 어떻게 해야 되죠?"

도로시가 다시 물었다.

수문장이 대답했다.

"그거야 쉽죠. 일단 윙키 나라에 들어가면 마녀가 알아차리고 당신들을 노예로 삼을 테니까요."

"아니에요. 우리가 마녀를 없앨 거라
고요."

허수아비가 말했다.

"아, 그럼 얘기가 다르군요.
지금까지 누구도 그렇게 하지
못했거든요. 그래서 난 당연
히 마녀가 당신들을 노예로
삼을 거라고 생각했어요. 늘
그랬으니까요. 하지만 조심
하세요. 마녀는 사악하고 잔
인해서 그냥 당하고 있지만
은 않을 겁니다. 해가 지는 서
쪽으로 계속 가면 틀림없이
마녀를 찾게 될 거예요."

수문장이 말했다.

일행은 그에게 고
맙다고 인사하고
작별했다. 서쪽
으로 방향을 잡
고, 여기저기 데
이지와 미나리

The Wonderful Wizard of OZ

아재비가 피어 있는 부드러운 풀밭을 걸어갔다. 도로시는 여전히 궁전에서 입은 옷을 입고 있었지만, 이제는 초록색이 아니라 흰색이었다. 토토의 목에 맨 리본도 초록색이 사라지고 도로시의 원피스와 같은 색으로 변했다.

일행은 곧 에메랄드 시와 멀어졌다. 길을 갈수록 땅바닥이 점점 울퉁불퉁하고 오르막이 되어갔다. 서쪽 나라에는 농장도, 집도 없었고, 땅을 경작하지도 않았다.

오후가 되자 그늘을 드리울 나무가 없었기에 뜨거운 햇살이 그대로 얼굴에 쏟아졌다. 그래서 밤이 되기도 전에 도로시, 토토, 사자는 지쳐버렸고, 결국 풀밭에 앉아서 잠이 들었다. 나무꾼과 허수아비는 곁에서 보초를 섰다.

악한 서쪽 마녀는 눈이 하나뿐이지만, 망원경에 맞먹는 시력이어서 어디든 볼 수 있었다. 그녀는 성문에 앉아서 주위를 둘러보다가 우연히 풀밭에서 잠든 도로시와 주변에 있는 친구들을 발견했다. 그들은 멀리 있었지만, 악한 마녀는 자기 나라에 그들이 들어왔다는 사실에 화가 났다. 그래서 목에 걸고 있던 은 호루라기를 한 번 불었다.

사방에서 커다란 늑대들이 뛰어나왔다. 늑대들의 다리는 길었고, 눈매 사나운 데다 이빨은 날카로웠다.

마녀가 말했다.

"저것들을 찾아서 갈가리 찢어버려라."

“노예로 삼지 않으실 겁니까?”

늑대 대장이 물었다.

“그렇다. 한 놈은 양철로, 한 놈은 짚으로 되어 있다. 또 하나는 여자애고, 하나는 사자라 죄다 일을 하기에 마땅치 않으니, 너희가 찢어버려도 좋다.”

마녀가 대답했다.

“알겠습니다.”

늑대가 대답하고, 쏜살같이 달려갔다. 부하들이 그 뒤를 따랐다.

다행히도 허수아비와 나무꾼이 자지 않고 깨어 있다가 늑대가 떼 지어 오는 소리를 들었다.

양철 나무꾼이 말했다.

“이건 내가 나설 싸움이니까 뒤에 물러나 있어. 저들이 오면 내가

   The Wonderful Wizard of OZ

맞설 테야."

그는 시퍼렇게 날이 선 도끼를 들었다. 늑대 대장이 다가오자 양철 나무꾼은 팔을 휘둘러 늑대의 머리를 내리쳤다. 늑대는 그 자리에서 죽었다. 그가 다시 도끼를 들자마자 다른 늑대가 달려들었고, 나무꾼은 이번에도 날이 선 도끼를 휘둘렀다. 늑대 40마리가 40번에 걸쳐 한 마리씩 죽었다. 마침내 늑대의 시체가 나무꾼 앞에 쌓였다.

그러자 나무꾼은 도끼를 내려놓고, 허수아비 옆에 앉았다.

허수아비가 말했다.

"잘 싸웠네, 친구."

그들은 아침이 밝아 도로시가 깰 때까지 기다렸다. 소녀는 수북이 쌓인 늑대 시체를 보고 잔뜩 겁먹었지만, 나무꾼이 사정을 설명했다. 도로시는 구해줘서 고맙다고 인사하고, 앉아서 아침 식사를 했다. 식사를 마치자 일행은 다시 길을 떠났다.

이날 아침 악한 마녀는 다시 성문에 나가서 멀리까지 보이는 눈으로 주변을 둘러보았다. 늑대들이 죽어서 쓰러져 있고, 여전히 그녀의 나라를 돌아다니는 이방인들의 모습이 보였다. 이 광경을 본 마녀는 전보다 더 화가 치밀어서 은 호루라기를 두 번 불었다.

곧장 야생 까마귀 떼가 날아왔다. 하늘이 깜깜해질 정도로 많은 수였다. 악한 마녀는 까마귀 왕에게 말했다.

"당장 침입자들에게 가라. 눈을 쪼고 온몸을 갈기갈기 찢어!"

야생 까마귀 떼는 무리지어 도로시와 친구들에게 날아갔다. 소녀

는 그들을 보자 두려움에 떨었다. 하지만 허수아비가 말했다.

"이번에는 내가 싸울 거야. 그러니까 내 옆에 엎드려 있어. 아무 일도 없을 테니까."

그래서 허수아비를 제외한 일행 모두가 바닥에 엎드렸고, 허수아비는 똑바로 서서 양팔을 뻗었다. 까마귀 떼는 허수아비를 보자 겁을 먹었다. 이런 새들은 늘 허수아비를 무서워하는 법이므로. 결국 까마귀 떼는 허수아비 근처에도 오지 못했다. 그 순간 까마귀 왕이 말했다.

"지푸라기 인간일 뿐이다. 내가 눈을 쪼아버리겠다."

까마귀 왕이 달려들자 허수아비는 새의 머리를 잡아서 목을 비틀어 죽였다. 그러자 다른 까마귀가 날아들었고, 허수아비는 이번에도 까마귀의 목을 비틀어 죽였다. 허수아비는 까마귀 40마리를 40번에 걸쳐서 한 마리씩 목을 비틀었다. 마침내 허수아비 옆에 까마귀 시체들이 수북이 쌓였다. 허수아비는 친구들에게 일어나라고 소리쳤고, 그들은 다시 길을 떠났다.

The Wonderful Wizard of OZ

악한 마녀는 다시 눈을 들어 멀리 내다보았고, 까마귀 떼 시체가 쌓인 광경을 보자 화가 치밀어올랐다. 그녀는 은 호루라기를 세 번 불었다.

공중에서 요란하게 윙윙대는 소리가 나더니 검은 벌 떼가 마녀를 향해 날아들었다.

"침입자들에게 가라. 벌침을 쏴서 죽여버려!"

마녀가 명령하자 벌 떼는 방향을 돌려 휘잉 날았고 도로시와 친구들이 걷고 있는 곳으로 갔다. 하지만 나무꾼이 그들이 날아오는 것을 미리 발견했다. 이어 허수아비가 대책을 세웠다.

허수아비가 양철 나무꾼에게 말했다.

"내 몸에서 지푸라기를 빼서 도로시와 개와 사자의 몸 위에 뿌리도록 해. 그러면 벌 떼가 침을 쏘지 못할 테니까."

나무꾼은 그가 시키는 대로 했고, 토토를 품에 안은 도로시와 사자는 짚을 뒤집어쓰고 나란히 누워 있었다.

벌 떼가 날아왔지만, 양철 나무꾼 외에는 벌침을 놓을 상대가 없었다. 벌들이 그에게 달려들었으나 양철에 부딪혀 자신들의 침만 부러졌을 뿐 나무꾼을 죽이지 못했다. 벌은 침이 부러지면 살아남지 못하기 때문이다. 결국 검은 벌 떼는 죽어서 나무꾼 옆에 작은 석탄덩이 더미처럼 쌓였다.

그후에 도로시와 사자가 일어났고, 소녀는 양철 나무꾼을 도와 허수아비의 몸에 지푸라기를 넣고 예전 상태로 복구시켰다. 그리고 일행은 다시 한 번 길을 떠났다.

악한 마녀는 검은 벌 떼가 석탄 덩어리처럼 쌓여 있는 꼴을 보자 너무 화가 나서 발을 쾅쾅 구르고 머리를 쥐어뜯으며 이를 갈았다. 그러더니 노예 열두 명을 불렀다. 그녀는 노예인 이 윙키들에게 뾰족한 창을 주면서, 이방인들에게 찾아내 무찌르라고 명령했다. 윙키들은 용감한 사람들은 아니었지만 마녀가 시키는 대로 해야 했다. 그래서 도로시 일행이 있는 곳까지 우르르 몰려갔다. 그때 사자가 크게 포효하며 달려들자 가여운 윙키들은 혼비백산해서 죽을힘을 다해 도망갔다.

그들이 성으로 돌아오자 악한 마녀는 채찍으로 윙키들을 후려갈기고 일터로 돌려보냈다. 그런 다음 앉아서 이제 어떻게 할지 생각에 잠겼다. 악한 마녀로서는 이 외부인들을 없애려는 계획이 죄다 실패한 이유를 이해할 수 없었다. 하지만 그녀는 사악한 만큼이나 영리했으므로 곧 어떤 조치를 취할지 결정했다.

찬장에는 챙에 다이아몬드와 루비가 죽 박힌 황금 모자가 있었다. 이 황금 모자에는 마법이 걸려 있어 누구든 주인이 되면 날개 달린 원숭이들을 세 번 부를 수 있었다. 원숭이들은 주인이 내리는 명

The Wonderful Wizard of OZ

령이라면 무엇이든 복종했다. 하지만 그 누구도 세 번 이상 명령할 수는 없었다. 악한 마녀는 모자의 마법을 이미 두 번 써버린 상태였다. 한 번은 윙키들을 노예로 만들고 그 나라를 지배할 때, 두 번째는 위대한 오즈와 싸워 그를 서쪽 나라에서 몰아낼 때였다. 날개 달

린 원숭이들이 마녀를 도와 그 일을 했다. 이 황금 모자를 쓸 수 있는 기회는 이제 마지막 한 번뿐이었고, 그런 이유 때문에 마녀는 다른 능력자들이 지칠 때까지는 마지막 기회를 쓰고 싶지 않았다. 하지만 사나운 늑대들, 거친 까마귀들, 침을 쏘는 벌 떼가 없어지고 노예들도 겁쟁이 사자한테 겁을 먹고 물러나고 보니 도로시와 친구들을 없앨 방법은 한 가지뿐이었다.

악한 마녀는 황금 모자를 찬장에서 꺼내 머리에 썼다. 그리고 왼발로 서서 천천히 말했다.

"이-피, 피-피, 칵-케!"

다음에는 오른발을 딛고 서서 말했다.

"힐-로, 홀-로, 헬-로!"

그러고는 양발을 딛고 서서 큰 소리로 외쳤다.

"지-지, 저-지, 직!"

곧 마법이 일어나기 시작했다. 하늘이 어두워지면서 공중에서 낮게 우르르 소리가 퍼졌다. 날개들이 밀려들면서 웃고 떠드는 소리가 커졌다. 어둠 속에서 해가 나오자 악한 마녀를 에워싼 원숭이 떼가 드러났다. 원숭이의 어깨에는 크고 힘찬 날개들이 뻗쳐 있었다.

다른 원숭이들보다 덩치가 큰 원숭이가 대장인 듯 싶었다. 그가 마녀 가까이 날아가서 말했다.

"세 번째이자 마지막으로 저희를 부르셨군요. 어떤 명령을 내리시겠습니까?"

"내 땅에 들어 온 이방인들에게 가라. 그리고 사자를 제외한 전원을 없애버려라. 사자는 내게 데려오도록. 말처럼 끈을 매서 일을 시켜야겠다."

악한 마녀가 말했다.

"분부하신 대로 하겠습니다."

원숭이 대장이 말했고, 날개 달린 원숭이들은 엄청난 소란을 일으키며 도로시와 친구들이 걷고 있는 곳으로 날아갔다.

일부 원숭이들은 양철 나무꾼을 붙잡았다. 그리고 공중을 날아서 뾰족한 바위로 뒤덮인 시골로 향했다. 원숭이들은 공중에서 가여운 양철 나무꾼을 떨어뜨렸고, 나무꾼은 저 아래 바위로 떨어졌다. 심하게 우그러지고 다쳐서 움직일 수도, 신음소리를 낼 수도 없었다.

다른 원숭이들은 허수아비를 붙잡았고, 긴 손으로 옷과 머리통 밖으로 짚을 모두 빼냈다. 그들은 허수아비의 모자와 장화와 옷을 둘둘 말아서 키 큰 나무 위로 던져버렸다.

나머지 원숭이들은 사자에게 튼튼한 밧줄을 던져서 몸통과 머리통과 다리를 여러 가닥으로 묶었다. 결국 사자는 물어뜯지도 할퀴지도 버둥대지도 못하게 되었다. 그러더니 원숭이들은 사자를 번쩍 들어서 그대로 날아올라 마녀의 성으로 갔다. 사자는 높은 철책이 둘러진 작은 마당에 갇혀서 달아날 수 없었다.

하지만 원숭이들은 도로시는 해치지 못했다. 도로시는 토토를 안고 서서 친구들의 슬픈 운명을 지켜보며, 곧 자기 순서가 다가올 거라고 생각했다. 날개 달린 원숭이 대장이 날아와서 털북숭이 긴 팔을 뻗으며 흉하게 웃었다. 하지만 그는 도로시의 이마에 찍힌 선한 마녀의 키스 자국을 보자 우뚝 멈춰 서서 부하들에게 건드리지 말라는 몸짓을 했다.

그가 원숭이들에게 말했다.

"우리는 이 소녀를 해치지 못한다. 이 아이는 '선한 힘'의 보호를 받고 있어. 그 힘은 '악한 힘'보다 훨씬 세거든. 우리가 할 수 있는 일은 소녀를 악한 마녀의 성에 데려가서 거기 두는 것뿐이다."

그들은 가만가만 조심스럽게 도로시를 양팔로 들고, 재빨리 하늘을 날아 마녀의 성으로 이동했다. 성의 현관 앞 계단에 도로시를 내려놓은 후 원숭이 대장이 마녀에게 말했다.

"저희는 있는 힘껏 명령을 수행했습니다. 양철 나무꾼과 허수아비는 없앴고, 사자는 묶어서 마당에 두었습니다. 하지만 이 소녀는 감히 해할 수 없습니다. 소녀가 안고 있는 개도 마찬가지입니다. 마녀님은 저희 무리를 부릴 수 있는 힘을 다 써버렸으니, 다시는 저희를 보지 못할 겁니다."

그 순간 날개 달린 원숭이들은 웃고 떠들면서 하늘로 날아올랐고, 곧 시야에서 사라졌다.

악한 마녀는 도로시의 이마에 찍힌 자국을 보고 놀라고 근심했다. 날개 달린 원숭이도, 마녀 자신도 감히 소녀를 해할 수 없다는 것을 잘 알기 때문이었다. 마녀는 도로시의 발을 내려다보다가 그녀가 신은 은 구두를 보고는 두려움에 떨기 시작했다. 은 구두가 얼마나 강한 마법을 지녔는지 알기 때문이었다. 처음에는 도로시로부터 달아나고 싶은 유혹을 느꼈다. 하지만 소녀의 눈을 보니 그 안에 담긴 영혼이 정말 순진해서 은 구두에 깃든 놀라운 힘을 모른다는

The Wonderful Wizard of OZ

것을 깨달았다. 그래서 악한 마녀는 속으로 웃음을 터뜨리고 생각
했다. '이 아이는 힘을 쓰는 방법을 모르는군. 노예로 삼을 수 있겠
어.' 마녀는 도로시에게 매몰차게 말했다.

"나를 따라와라. 내가 시키는 일이라면 뭐든 해야 한다. 안 그러
면 양철 나무꾼과 허수아비한테 그랬듯이 너도 끝장내주겠다."

도로시는 마녀를 따라 성의 아름다운 방들을 지나 부엌에 들어섰
다. 마녀는 냄비와 주전자를 닦고, 바닥을 쓸고, 난로에 계속 장작
을 넣으라고 시켰다.

도로시는 순순히 따랐고, 힘껏 열심히 일하기로 마음먹었다. 악
한 마녀가 자신을 죽이지 않기로 결심해서 다행이었다.

도로시가 열심히 일하자 마녀는 마당에 나가서, 말에게 하듯이
겁쟁이 사자의 몸에 줄을 매야겠다고 생각했다. 나들이할 때 사자
가 마차를 끌게 하면 재미있을 테니까. 하지만 문을 열자 사자가 포
효하면서 사납게 달려들었고, 마녀는 겁이 나서 도망 나와 다시 문
을 잠갔다.

"네게 줄을 맬 수 없다 해도 굶길 수는 있지."

마녀는 문의 쇠창살 사이로 사자에게 말했다.

그후 마녀는 갇혀 있는 사자에게 음식을 주지 않았고, 매일 정오
에 문 앞에 가서 물었다.

"말처럼 줄을 맬 준비가 되었느냐?"

그러면 사자는 대답하곤 했다.

"아니. 이 마당에 들어오기만 하면 물어뜯어버릴 테다."

사자가 마녀가 바라는 대로 되지 않은 것은 매일 밤 마녀가 잠든 사이 도로시가 찬장에서 먹을 것을 꺼내 갖다준 덕분이었다. 사자가 식사를 끝내고 짚단에 엎드리면 도로시는 사자의 부드럽고 덥수룩한 갈기를 베고 누웠다. 둘은 걱정거리를 이야기하고, 도망칠 방법을 찾으려 했다. 하지만 노란 윙키들이 계속 성을 지키고 있었기 때문에 성에서 빠져나갈 길이 없었다. 윙키들은 악한 마녀의 노예였고, 마녀를 무서워해서 시키는 대로 할 수밖에 없었다.

도로시는 낮 동안 열심히 일해야 했고, 마녀는 늘 들고 다니는 낡은 우산으로 그녀를 때리겠다고 자주 위협했다. 하지만 사실은 이마의 자국 때문에 도로시를 때릴 엄두도 못냈다. 도로시는 그 사실을 몰랐기에 토토와 자신이 맞을까봐 근심했다. 마녀가 토토를 우산으로 때린 적이 한 번 있었는데 용감한 강아지는 오히려 그녀에게 달려들어 다리를 물었다. 물린 자국에서는 피가 흐르지 않았다. 마녀가 너무 사악해서 오래전에 피가 말라버렸기 때문이었다.

캔자스의 엠 숙모에게 돌아가는 것이 어느 때보다 힘

들어졌다는 것을 알게 되면서 도로시의 생활은 몹시 슬퍼졌다. 가끔 몇 시간이고 서럽게 울었고, 발치에 앉은 토토는 그런 주인이 안쓰러워서 우울하게 낑낑대며 올려다보았다. 토토는 캔자스든 오즈의 나라든 도로시와 함께라면 상관없었다. 하지만 도로시가 불행하다는 것을 알았으므로 토토 역시 불행했다.

이제 악한 마녀는 도로시가 늘 신고 있는 구두에 욕심을 냈다. 벌떼, 까마귀 떼, 늑대 떼가 시체더미가 되어 말라갔고, 황금 모자의 마법도 다 써버렸다. 하지만 은 구두만 손에 넣을 수 있다면 잃은 것들보다 더 강한 능력을 얻을 터였다. 마녀는 도로시를 주의 깊게 지켜보면서 구두를 벗으면 훔쳐야겠다고 생각했다. 하지만 소녀는 예쁜 구두가 자랑스러워서 밤과 목욕할 때를 제외하면 절대 벗지 않았다. 마녀는 어둠이 너무 무서워서 밤에 구두를 가지러 도로시의 방에 갈 엄두를 내지 못했다. 또 어둠보다도 무서운 게 있다면 바로 물이어서, 도로시가 목욕할 때는 근처에 얼씬하지도 않았다. 사실 늙은 마녀는 물에 손을 대지 않았고, 물이 몸에 닿지도 못하게 했다.

하지만 악한 마녀는 몹시 교활했고 결국은 원하는 것을 얻을 묘수를 생각해냈다. 부엌 가운데 철제 막대를 설치하고 사람의 눈에는 막대가 안 보이게 마법을 걸었다. 결국 도로시는 부엌을 걸어 다니다가 막대를 발견하지 못하고 발이 걸려 넘어졌다. 많이 다치지는 않았지만, 넘어지면서 은 구두 한 짝이 날아갔다. 도로시가 구두를 집기 전에 마녀가 얼른 낚아채서 가죽만 남은 발로 그것을 신었다.

악한 마녀는 속임수가 성공하자 기뻐했다. 구두 한 짝을 갖고 있으면, 마법의 반을 갖는 셈이었다. 도로시가 마법을 부릴 줄 안다고 해도 구두 한 짝으로는 마녀를 해칠 수 없을 것이다.

도로시는 예쁜 구두 한 짝을 빼앗긴 걸 알자 화가 나서 마녀에게 말했다.

"내 구두를 돌려줘요!"

"이제 내 구두지, 네 구두가 아니니까 안 돌려줄 테다."

마녀가 쏘아붙였다.

"나쁜 마녀 같으니! 당신은 내 구두를 빼앗을 권리가 없다고요!"

도로시가 소리쳤다.

마녀가 비웃으며 말했다.

"나도 구두를 갖고 있지. 조만간 나머지 한 짝도 너한테서 뺏을 테다."

이 말에 도로시는 화가 치밀어서 옆에 있는 물 양동이를 들어 마녀에게 부었다. 마녀는 머리부터 발끝까지 홀딱 젖었다.

악한 마녀는 겁에 질려 비명을 질렀고, 도로시가 놀라서 바라보는 가운데 쪼그라들면서 무너지기 시작했다.

"네가 무슨 짓을 했는지 봐! 잠시 후면 나는 녹아 없어질 거다."

마녀가 소리를 질렀다.

"정말 미안해요."

도로시가 말했다. 소녀는 눈앞에서 마녀가 갈색 설탕처럼 녹아내리는 광경을 보자 너무나 무서웠다.

"물을 부으면 끝장이라는 거, 몰랐니?"

마녀가 울면서 낙심한 목소리로 물었다.

"당연히 몰랐죠. 내가 어떻게 알 수 있었겠어요?"

도로시가 대꾸했다.

"이제 잠시 후면 나는 녹을 거고, 이 성은 네 차지가 되겠지. 난 살아서 사악했지만, 너 같은 어린 것이 나를 녹여 악한 짓을 끝내게 만들 줄은 몰랐다. 잘 봐라. 난 간다!"

그 말과 함께 마녀는 갈색으로 무너져내렸다. 녹아서 모양 없는 덩어리가 되더니 깨끗한 부엌 바닥으로 퍼져 나갔다. 마녀가 녹아 없어지는 것을 본 도로시는 물을 한 양동이 가져와서 지저분한 자국 위에 부었다. 그런 다음 흔적을 문밖으로 쓸어냈다. 도로시는 늙은 마녀의 유일한 흔적인 은 구두를 집어서 물로 씻어 천으로 닦은 다음 다시 신었다. 마침내 자유롭게 행동할 수 있게 되자 도로시는 마당으로 달려나갔다. 사자에게 악한 서쪽 마녀가 죽었고, 이제는 이 낯선 땅의 포로가 아니라고 알려줘야 했다.

The Wonderful Wizard of OZ

제 13 장

구조

The Rescue

겁쟁이 사자는 사악한 마녀가 물 한 양동이에 녹아버렸다는 말을
듣고 기뻐했다. 도로시는 당장 감옥 문을 열어 사자를 풀어주었다.
둘은 함께 성으로 갔고, 도로시는 우선 윙키들을 다 모아놓고 이제
는 더 이상 노예가 아니라고 알려주었다.

노란 윙키들은 기뻐 환호했다. 오랜 세월 그들은 악한 마녀를 위
해 고되게 일해야 했고, 마녀는 그들에게 늘 몹시 잔혹하게 대했다.
윙키들은 이날을 명절로 정하고, 그후로도 잔치를 벌이고 춤추면서
이날을 기념했다.

"우리 친구인 허수아비와 양철 나무꾼만 같이 있다면 정말 행복
할 텐데."

사자가 말했다.

"우리가 그들을 구할 수는 없을까?"

도로시가 마음을 졸이며 물었다.

"시도할 수는 있겠지."

사자가 대답했다.

그들은 노란 윙키들을 불러서 친구들을 구조하는 것을 도와주겠냐고 물었다. 윙키들은 속박에서 풀어준 도로시를 위해서라면 모든 능력을 기꺼이 발휘하겠다고 대답했다. 그래서 도로시는 가장 잘 알 것 같은 윙키들을 여럿 뽑아서 함께 출발했다. 하루 종일 걷고도 다음 날 한나절을 더 걸어가서야 바위투성이 들판에 양철 나무꾼이 형편없이 찌그러져 누워 있는 것을 발견할 수 있었다. 옆에 도끼가 있었지만 날이 녹슬고 손잡이는 뭉툭하게 부러져 있었다.

윙키들이 조심스럽게 나무꾼을 안아서 노란 성으로 옮겼다. 성으로 돌아가는 길에 도로시는 친구가 겪은 고초에 눈물을 흘렸고, 사자는 시무룩하고 슬픈 표정을 지었다. 성에 도착하자 도로시가 윙키들에게 말했다.

"여러분 중에 양철공이 있나요?"

"아, 그럼요. 아주 솜씨 좋은 양철공 몇 명이 있지요."

그들이 대답했다.

"그럼 그들을 내게 데려다주세요."

도로시가 말했다.

양철공들이 각종 연장이 든 바구니를 들고 오자 도로시가 물었다.

"양철 나무꾼의 몸이 움푹 들어간 곳을 손보고, 그를 원래 모습으

     The Wonderful Wizard of OZ

로 펴줄 수 있겠어요? 망가진 곳을 땜질할 수 있을까요?”

양철공들은 나무꾼을 찬찬히 살핀 후 원래 모습으로 수선할 수 있을 거라고 대답했다. 그래서 그들은 성의 큰 노란 방에서 작업을 시작했다. 사흘 낮과 나흘 밤 동안 양철 나무꾼의 다리와 몸통과 머리를 망치질하고, 비틀고 구부리고 땜질하고, 윤을 내고 두드려댔다. 마침내 나무꾼은 옛 모습대로 반듯해졌고, 관절도 전처럼 잘 움직여졌다. 당연히 몇 군데 기웠지만 양철공들의 솜씨가 좋았고, 나무꾼은 본디 허영심이 없었기 때문에 기운 자국에 대해 개의치 않았다.

드디어 도로시의 방으로 걸어온 양철 나무꾼은 구해줘서 고맙다고 인사했다. 그가 기쁜 나머지 눈물을 흘리자 소녀는 관절이 녹슬지 않도록 얼른 앞치마로 그의 얼굴에서 눈물을 닦아주었다. 도로시 역시 친구를 다시 만난 기쁨에 눈물을 철철 흘렸지만, 그녀는 눈물을 닦을 필요가 없었다. 사자는 꼬리 끝으로 계속 눈물을 훔치느라 꼬리가 푹 젖어서 궁전 뜰에 나가서 햇살에 꼬리를 말려야 했다.

도로시에게 그간의 사정을 들은 양철 나무꾼은 말했다.

“이제 허수아비만 남았어. 그와 같이 있을 수 있다면 얼마나 행복할까.”

“우리가 허수아비를 찾아봐야지.”

도로시가 말했다.

소녀는 윙키들에게 다시 도움을 구했고, 일행은 그날 종일과 다음날 한나절을 걸어 키가 큰 나무에 도착했다. 날개 달린 원숭이들이 던진 허수아비의 옷가지가 그 나뭇가지에 걸려 있었다.

아주 키가 크고 가는 나무여서 타고 올라가기는 힘들어 보였다. 그러자 양철 나무꾼이 말했다.

"내가 나무를 넘어뜨리면 허수아비의 옷가지를 챙길 수 있어."

양철공들이 나무꾼을 수리하는 동안 금세공장이 윙키들은 도끼에 원래 손잡이가 아닌 순금 손잡이를 끼웠다. 다른 윙키들은 도끼날의 녹이 제거되고 윤을 낸 은처럼 반짝일 때까지 광을 냈다.

양철 나무꾼은 말을 끝내기 무섭게 나무를 자르기 시작했고, 곧 쿵 소리를 내며 나무가 쓰러졌다. 허수아비의 옷가지가 가지에서 떨어져 땅바닥에 나뒹굴었다.

도로시가 옷을 줍자 윙키들이 성으로 가져가서 옷가지에 깨끗한 지푸라기를 채웠다. 그랬더니 세상에! 전과 똑같은 허수아비가 생겨나서 자신을 구해줘서 고맙다고 거듭 인사했다.

이제 모두 모인 도로시와 친구들은 노란 성에서 며칠간 행복한 시간을 보냈다. 성에는 편안하게 지내는 데 필요한 것들이 다 갖춰져 있었다. 하지만 어느 날 도로시는 엠 숙모를 떠올리고 말했다.

"우린 오즈에게 가서 약속을 지키라고 요구해야 해."

"그래. 마침내 내가 심장을 갖게 되겠구나."

나무꾼이 말했다.

"난 뇌를 갖게 되고 말이야."

허수아비가 신이 나서 말했다.

    The Wonderful Wizard of OZ

"내겐 용기가 생길 거야."

사자가 골똘히 생각하며 중얼댔다.

"나는 캔자스로 돌아갈 수 있어. 내일 에메랄드 시로 출발하자!"

도로시가 손뼉을 치면서 말했다.

그들은 그렇게 하기로 결정했다. 다음 날 그들은 윙키들을 불러 모으고 작별 인사를 했다. 윙키들은 이별을 아쉬워했고, 양철 나무꾼을 워낙 좋아했으므로 그에게 이곳에 남아서 서쪽의 노란 나라와 윙키들을 다스려 달라고 부탁했다. 일행이 떠나기로 결심했음을 알자 윙키들은 토토와 사자에게는 금 목줄을, 도로시에게는 다이아몬드가 박힌 예쁜 팔찌를 선물했다. 또 허수아비에게는 넘어지지 말라고 머리 부분이 금으로 된 지팡이를, 양철 나무꾼에게는 은으로 된 기름통을 주었다. 기름통에는 금 상감 세공이 되어 있었고, 보석이 박혀 있었다.

도로시 일행은 돌아가면서 윙키들에게 좋은 말을 건네고, 팔이 아플 때까지 악수를 했다.

도로시는 가는 도중에 먹을 음식을 바구니에 챙기기 위해 마녀의 찬장을 열어보고 황금 모자를 발견했다. 머리에 써보니 딱 맞았다. 그녀는 황금 모자의 마법에 대해서는 전혀 몰랐지만, 예쁘다는 생각에 머리에 쓰고 가기로 했다. 원래 쓰던 모자는 바구니에 담았다.

여행 준비가 끝나자, 일행은 에메랄드 시를 향해 출발했다. 윙키들은 세 번 만세를 부르고, 축복의 말을 해주었다.

     The Wonderful Wizard of OZ

제 14 장

날개 달린 원숭이들

The Winged Monkeys

악한 마녀의 성과 에메랄드 시 사이에 길이—심지어 오솔길 하나도—없다는 것을 기억할 것이다. 네 명의 친구들이 마녀를 찾아왔을 때, 그녀는 그들이 오는 것을 보고 날개 달린 원숭이들을 보내 데려오게 했다. 붙잡혀올 때보다 미나리아재비와 노란 데이지 꽃밭을 통과해서 되돌아가는 길을 찾기가 훨씬 어려웠다. 물론 곧장 동쪽으로, 해가 떠오르는 방향으로 가야 되는 것만은 알고 있었으므로 당장 출발했다. 하지만 정오가 되어 해가 머리 뒤로 넘어가자 어디가 동쪽이고 어디가 서쪽인지 가늠할 수가 없었다. 그래서 넓은 들판에서 길을 잃고 말았다. 하지만 계속 걸음을 옮겼고, 밤이 되자 달이 떠서 환하게 빛났다. 그래서 일행은 향긋한 노란 꽃 사이에 누워서 아침까지 곤히 잤다─허수아비와 양철나무꾼은 빼고.

다음 날 아침 해가 구름에 가렸지만, 친구들은 계속 걸어갔다. 어느 쪽으로 가야 되는지 확실히 알기라도 하는 것처럼.

도로시가 말했다.

"멀리까지 걸어가면 언젠가는 어딘가에 도착할 거야, 확실해."

하지만 하루하루 날짜가 가도 그들 앞에는 여전히 노란 들판만 있을 뿐 아무것도 보이지 않았다. 허수아비는 조금씩 투덜대기 시작했다.

"우린 길을 잃었나봐. 때맞춰 에메랄드 시에 도착하도록 길을 다시 찾지 못하면, 뇌를 갖지 못하게 되고 말 거야."

허수아비가 말했다.

"나는 심장을 못 가질 테고. 얼른 오즈에게 가고 싶어 참기 힘들군. 또 이게 아주 긴 여행길이라는 것만은 인정해야 해."

양철 나무꾼이 말했다.

겁쟁이 사자가 칭얼대듯 말했다. "알다시피, 나는 언제까지나 계속 걸을 용기가 없잖아. 이젠 어딘가 도착해야 되는데."

그러자 도로시도 기운을 잃었다. 소녀는 풀밭에 앉아서 일행을 바라보았다. 그들도 앉아서 도로시를 쳐다보았고, 토토는 평생 처음으로 너무 고단해서 머리 주변을 맴도는 나비를 쫓아갈 수 없었다. 그래서 혀를 빼물고 헐떡거리면서 이제 어떻게 하나고 묻듯이

The Wonderful Wizard of OZ

도로시를 응시했다. 소녀가 말했다.

"들쥐들을 불러내면 어떨까? 그들이 에메랄드 시로 가는 길을 알려줄 수 있을 거야."

"분명히 그럴 거야. 왜 진작 그 생각을 못했을까?"

허수아비가 소리쳤다.

도로시는 들쥐 여왕에게 받은 후 늘 목에 걸고 다니는 작은 호루라기를 불었다. 잠시 후 작은 발들이 후다닥 달려오는 소리가 들리더니, 도로시에게 몰려오는 작은 회색 쥐들이 보였다. 그들 사이에 여왕이 있었다. 그녀는 찍찍대는 작은 소리로 물었다.

"친구들을 위해 내가 어떤 일을 해주면 될까요?"

"우린 길을 잃었어요. 어디로 가면 에메랄드 시가 나오는지 가르쳐줄 수 있나요?"

도로시가 말했다.

"그럼요. 하지만 아주 멀어요. 여러분은 계속 반대쪽으로 걸어왔거든요."

여왕이 답했다. 그때 도로시의 황금 모자를 본 들쥐 여왕은 말했다.

"모자의 마법을 이용해서

날개 달린 원숭이들을 부르지 그래요? 그들이 오즈의 도시까지 한 시간도 안 되는 사이에 데려다줄 텐데요."

도로시가 놀라며 대답했다.

"모자에 마법이 걸려 있는 줄 몰랐는데요. 그게 어떤 건데요?"

들쥐 여왕이 대답했다.

"황금 모자 안쪽에 마법에 대해 적혀 있답니다. 그런데 날개 달린 원숭이를 부를 거면 우리는 달아나야 해요. 원숭이들은 장난이 심해서 우리를 괴롭히는 걸 재미있어하거든요."

"그들이 날 해치지 않을까요?"

도로시가 걱정스럽게 물었다.

"아, 아니에요. 그들은 모자를 쓴 사람에게 복종해야 하는걸요. 잘 가요!"

들쥐 여왕이 얼른 시야에서 사라졌고, 들쥐들도 서둘러 따라갔다.

도로시는 황금 모자의 안쪽을 들여다보았다. 안감에 글자가 적혀 있었다. 도로시는 주문일 거라고 생각하고, 지시 사항을 세심하게 읽고 나서 모자를 썼다.

"이-피, 피-피, 칵-케!"

도로시가 왼발을 딛고 서서 말했다.

"뭐라고 한 거야?"

허수아비는 소녀가 뭘 하는지 몰라 물었다.

    The Wonderful Wizard of OZ

"힐-로, 홀-로, 헬-로!"

도로시는 이번에는 오른발을 딛고 서서 외쳤다.

"헬로(hello, 주문인 헬-로를 인사로 듣고 나무꾼이 대답한 것이다―
옮긴이)!"

양철 나무꾼이 조용히 답했다.

"지-지, 저-지, 직!"

이제 도로시는 양발을 딛고 서서 말했다. 이렇게 주문이 끝나자
곧이어 소란스럽게 떠드는 소리와 날개를 퍼덕대는 시끄러운 소리
가 들렸다. 날개 달린 원숭이들이 떼 지어 그들에게 몰려오고 있었
다. 원숭이들의 왕이 도로시 앞에서 깊이 절하고 물었다.

"어떤 명령을 내리시렵니까?"

"우린 에메랄드 시에 가고 싶어. 그런데 길을 잃어버렸어."

소녀가 말했다.

"저희가 모셔다드리지요."

원숭이 왕이 대답했다. 그가 말을 마치기가 무섭게 원숭이 두 마
리가 도로시를 가슴에 안고 날아올랐다. 다른 원숭이들은 허수아비
와 나무꾼과 사자를 안았다. 또 작은 원숭이 한 마리는 토토가 자신
을 물려고 덤벼드는데도 끌어안고 날아갔다.

허수아비와 양철 나무꾼은 처음에는 겁을 먹었다. 전에 날개 달
린 원숭이들이 얼마나 못되게 굴었는지 생생히 기억했기 때문이었
다. 하지만 해칠 의도가 없다는 것을 알자 신나게 하늘을 날면서 예

쁜 정원들과 숲들을 내려다보며 즐거운 시간을 보냈다.

도로시는 원숭이 왕을 포함해서 가장 큰 원숭이들 사이에서 편안하게 날아갔다. 원숭이들은 손으로 가마를 만들어 태우고, 소녀가 다치지 않게 퍽 조심했다.

"너희는 왜 황금 모자의 마법에 복종해야 하는 거야?"

원숭이 왕이 웃으면서 대답했다.

"긴 사연이 있습니다. 하지만 먼 길을 가야 하니, 주인님이 원하시면 말씀드리면서 시간을 보내도록 하지요."

"그 이야기를 듣고 싶어."

도로시가 말했다.

원숭이 왕이 설명하기 시작했다.

"전에 저희는 자유인들이었지요. 너른 숲에서 행복하게 살았어요. 나무에서 나무로 날아다니고, 호두와 과일을 따먹고, 누구를 주인님이라고 부를 필요 없이 하고 싶은 일을 했지요. 몇몇은 때로 장난질이 심해서 땅으로 내려가 날개 없는 동물들의 꼬리를 당기고, 새들을 쫓아다니고, 숲을 거니는 사람들에게 호두를 던지기도 했어요. 하지만 저희는 근심 없이 행복하게, 매 순간을 즐기며 살았답니다. 그것은 오래전, 그러니까 오즈가 구름에서 나와 이 땅을 지배하기 전의 일이지요."

원숭이 왕의 이야기는 이어졌다.

"당시에는 여기, 머나먼 북쪽에 아름다운 공주가 살았어요. 공주는 뛰어난 마법사이기도 했지요. 하지만 사람들을 돕는 데 마법을 썼고, 착한 사람은 누구도 다치게 하지 않았다고 합니다. 그녀의 이름은 게일레트였고, 커다란 루비 덩어리로 지은 아름다운 궁전에서 살았어요. 모두 공주를 사랑했지만, 사랑을 되돌려줄 상대를 찾을 수 없는 것이 그녀의 가장 큰 슬픔이었지요. 남자란 남자는 모두 멍청하고 추해서, 아름답고 현명한 게일레트의 짝으로 맞지 않았거든요. 하지만 마침내 공주는 잘생기고 남자답고, 나이에 비해 현명한 소년을 찾았지요. 게일레트는 소년이 자라 어른이 되면, 남편으로 맞아야겠다고 결심했어요. 그래서 소년을 루비 궁전으로 데려가 모든 마법을 동원해서 그를 어느 여자라도 탐낼 만큼 강인하고 착하고 사랑스러운 사람으로 만들었지요. '케랄라'라고 하는 소년은 자라서 어른이 되자 온 지역을 통틀어 가장 훌륭하고 지혜로운 남자라는 말을 들었어요. 한편 그가 워낙 아름답고 또 남자다워서 게일레트는 그를 무척 사랑했고, 서둘러 결혼할 채비를 했지요.

당시 내 할아버지는 게일레트의 궁전에서 가까운 숲에 사는 날개 달린 원숭이들의 왕이었습니다. 그는 밥 먹는 것보다 장난을 좋아했지요. 결혼식을 앞둔 어느 날, 할아버지는 원숭이 무리들과 날아다니다가 강가를 거니는 케랄라를 봤어요. 그는 분홍색 비단과 보라색 벨벳으로 만든 고급스런 옷을 입고 있었습니다. 내 할아버지는 어떤 장난을 칠까 생각해냈지요. 곧 그가 지시를 내렸어요. 원숭이들은 케랄라를 붙잡고는 날아올라 강 가운데 물속으로 떨어뜨렸어요.

    The Wonderful Wizard of OZ

할아버지는 '헤엄쳐 나와, 멋진 친구. 물 때문에 옷을 버렸는지 보라고!'라고 외쳤지요. 케랄라는 워낙 영리했으니 헤엄칠 수 있었고, 풍요롭게 지내면서도 성격이 좋았지요. 그는 껄껄 웃으면서 물 위로 올라와 강변으로 헤엄쳐갔어요. 하지만 케랄라에게 달려온 게일레트는 비단과 벨벳 옷이 물에 젖어 엉망이 된 것을 알았지요.

공주는 무척 화가 났고, 물론 누구 짓인지도 알고 있었어요. 그녀는 날개 달린 원숭이들을 모두 앞에 모이게 하고, 처음에는 날개를 묶어서 케랄라에게 했던 것처럼 강물에 빠뜨리겠다고 말했지요. 하지만 내 할아버지는 애원했어요. 원숭이들이 날개를 묶이면 강에 빠져죽을 것이 뻔했기 때문이지요. 또 케랄라도 원숭이들을 감쌌기 때문에, 게일레트는 원숭이들을 봐주기로 했습니다. 대신 날개 달린 원숭이들이 황금 모자를 가진 주인의 소원을 세 번 들어줘야 한다는 조건을 내세워서요. 케랄라에게 줄 결혼 선물로 만든 모자였는데, 왕국의 절반이 그것을 만드는 비용으로 들어갔다고 합니다. 물론 내 할아버지와 원숭이들은 당장 그 조건을 받아들였고, 그래서 저희는 누구든 황금 모자를 가진 사람의 노예 노릇을 세 번 하게 된 거랍니다."

"그럼 그들은 어떻게 되었지?"

도로시가 물었다. 이 이야기는 도로시에게 퍽 흥미롭게 들렸다.

"케랄라는 황금 모자의 첫 주인이었고, 처음으로 저희에게 소원을 말했지요. 신부는 저희를 보기 싫어했어요. 그래서 케랄라는 결혼식을 올린 후 저희를 숲으로 불러서 다시는 날개 달린 원숭이가 공주의 눈에 띄지 않게 하라고 명령했어요. 저희도 공주가 두려웠기에 기꺼이 분부대로 했답니다. 케랄라의 명에 따르고 있을 때였어요. 황금 모자가 악한 서쪽 마녀의 손에 들어갔습니다. 마녀는 저희를 시켜 윙키들을 노예로 삼았고, 나중에는 오즈를 서쪽 나라에서 몰아내게 했지요. 이제 황금 모자는 주인님의 것이니, 세 번 소원을 말할 권리가 있으십니다."

원숭이 왕이 이야기를 마치자 도로시가 밑을 내려다보았다. 그들 앞에 에메랄드 시의 성벽이 보였다. 초록색 벽이 반짝거렸다. 도로시는 원숭이들이 빨리 나는 데 감탄했지만, 무엇보다 여행이 끝나서 반가웠다. 이 독특한 피조물들은 도로시와 친구들을 조심스럽게 도시의 성문 앞에 내려놓았다. 왕은 도로시에게 깊이 절한 다음 서둘러 날아갔고, 원숭이 무리가 그 뒤를 따랐다.

"멋진 여행이었어."

소녀가 말했다.

"그래. 고민도 빨리 떨쳐낼 수 있었고. 네가 그 근사한 모자를 가져온 건 정말 운이 좋았어!"

사자가 맞장구쳤다.

제 15 장

무시무시한 오즈, 들통 나다

The Discovery of Oz, the Terrible

네 명의 여행자는 에메랄드 시의 성문으로 다가가 종을 울렸다.

몇 번이나 종을 친 후에야 전에 만났던 수문장이 문을 열어 주었다.

"아니! 다시 돌아온 겁니까?"

그가 놀라서 물었다.

"보면 모르겠어요?"

허수아비가 대꾸했다.

"하지만 악한 서쪽 마녀를 만나러 간 줄 알았는데요."

"만났어요."

허수아비가 대답했다.

"그런데도 마녀가 다시 보내줬다는 거에요?"

수문장이 의아해하면서 물었다.

허수아비가 설명했다.

"안 보내 줄 수 없었지요. 마녀는 녹아버렸거든요."

수문장이 말했다.

"녹았다니! 아, 이거 좋은 소식이구만. 누가 그렇게 한
거죠?"

"도로시요!"

사자가 진지하게 대답했다.

"이럴 수가!"

그는 감탄하면서 도로시에게 허리를 굽혀 절했다.

그러더니 일행을 작은 방으로 데려가서 전처럼 큰 상자에서 안경
을 꺼내 씌워주었다. 곧이어 일행은 문을 지나 에메랄드 시로 들어
갔다. 사람들은 수문장에게 그들이 악한 서쪽 마녀를 녹여 없앴다
는 이야기를 듣고 모여들었고, 그중 많은 사람들이 도로시 일행을
따라 오즈의 궁으로 갔다.

초록 수염의 병사는 여전히 궁전 문을 지키고 있다가 그들을 들
여보내주었다. 일행은 다시 아름다운 초록 아가씨를 만났고, 그녀
는 그들을 전에 쓰던 방으로 각각 안내했다. 모두 위대한 오즈가 만
날 준비를 할 때까지 쉬게 되었다.

병사는 도로시와 일행이 악한 마녀를 없애고 다시 돌아왔다는
소식을 오즈에게 직접 전달했다. 하지만 오즈는 아무 응답도 하지
않았다. 도로시 일행은 위대한 마법사가 당장 자신들을 부르길 기
대했지만, 그런 일은 일어나지 않았다. 다음 날도, 그다음 날도, 그

   The Wonderful Wizard of OZ

다음 날도 오즈에게서는 소식이 없었다. 결국 그들은 지루한 기다림에 지쳤고, 오즈가 노예처럼 고생만 시켜놓고 이젠 푸대접하는 데 안달이 났다. 마침내 허수아비는 초록 아가씨에게 오즈에게 다른 말을 전해 달라고 청했다. 당장 만나 주지 않으면, 날개 달린 원숭이들에게 도움을 청해 그가 약속을 지킬지 아닐지 확인하겠다는 전갈이었다. 마법사는 이 전갈을 받자 두려운 나머지 다음 날 아침 9시 4분에 알현실로 오라는 전갈을 보냈다. 오즈는 서쪽 나라에서 날개 달린 원숭이들을 본 적이 있었고, 다시는 그들과 마주치고 싶지 않았다.

네 친구들은 밤잠을 이루지 못했다. 각자 오즈가 주겠다고 약속한 선물을 생각했다. 도로시는 딱 한 번 잠들었다가 자신이 다시 캔자스로 돌아가 엠 숙모가 그녀에게 집에 돌아와서 기쁘다는 말을 하는 꿈을 꾸었다.

다음 날 9시가 되자 초록 수염 병사가 그들을 찾아왔고, 4분 후에는 다 함께 위대한 마법사의 알현실로 들어갔다.

물론 각자 전에 봤던 모습의 오즈를 만날 것을 예상했다. 하지만 사방을 둘러보아도 방에 아무도 없어 다들 놀랐다. 도로시와 친구들은 문 가까이로 가서 더 바싹 붙어 섰다. 전에 본 오즈의 어떤 모습보다도 빈 방의 정적이 더 으스스했다.

곧 높은 돔 지붕 근처 어디선가 목소리가 흘러나왔다. 그 소리는 진지하게 말했다.

"나는 위대하고 무시무시한 오즈다. 왜 나를 찾아왔는가?"

그들은 다시 방안 구석구석을 살폈지만 아무도 보이지 않았다.
그러자 도로시가 물었다.

"어디 계세요?"

목소리가 대답했다.

"나는 어디에나 있지만, 보통 인간의 눈에는 내가 보이지 않지.
이제 너희가 나와 대화할 수 있도록 권좌에 앉겠다."

사실 목소리는 권좌에서 곧바로 나오고 있는 것 같아서 그들은
그 앞으로 걸어가 나란히 섰다. 도로시가 말했다.

"저희는 약속을 지켜달라고 찾아왔는데요, 오즈 님."

"무슨 약속?"

오즈가 물었다.

"오즈 님은 악한 마녀를 없애면 저를 캔자스로 돌려보내준다고
약속하셨어요."

도로시가 말했다.

"또 제게는 뇌를 준다고 약속하셨죠."

허수아비가 말했다.

"저한테는 심장을 준다고 약속하셨고요."

양철 나무꾼이 말했다.

"저에게는 용기를 준다고 하셨잖아요."

겁쟁이 사자가 말했다.

    The Wonderful Wizard of OZ

"악한 마녀가 정말로 죽었는가?"

목소리가 물었다. 도로시는 그 목소리가 약간 떨리고 있다고 생각했다.

소녀가 대답했다.

"네. 제가 물 한 양동이로 마녀를 녹였어요."

"이런. 얼마나 갑작스런 소식인가! 자, 내가 시간을 두고 생각해 봐야 하니 내일 다시 오도록 하라."

목소리가 말했다.

"당신에게는 이미 생각할 시간이 많았을 텐데요."

양철 나무꾼이 화를 내며 말했다.

"저희는 하루도 더 기다릴 수 없습니다."

허수아비가 말했다.

"우리한테 한 약속을 지켜야 해요!"

도로시가 소리쳤다.

사자는 마법사를 겁줄 수 있을 거라 생각하고 크게 포효했다. 소리가 어찌나 사납고 무서웠던지, 놀란 토토가 펄쩍 뛰어내리다가 구석에 있는 가리개를 넘어뜨렸다. 가리개가 쿵 소리를 내며 넘어지자 모두 그쪽을 쳐다보았다. 그 순간 그들 모두 어리둥절해지고 말았다. 가려져 있던 곳에는 왜소한 노인이 서 있었다. 대머리에 주름진 얼굴을 가진 노인도 그들만큼이나 놀란 눈치였다. 양철 나무꾼이 도끼를 들고 달려들며 소리쳤다.

"당신, 누구야?"

"나는 위대하고 무시무시한 오즈다. 날 내려치지 마—제발 부탁이야! 그러면 너희가 해 달라는 대로 하겠다."

일행은 놀라고 실망해서 그를 바라보았다.

"오즈는 거대한 머리인 줄 알았는데."

도로시가 말했다.

"나는 오즈를 무시무시한 맹수라고 생각했어."

허수아비가 말했다.

"나는 오즈가 불덩이인 줄 알았지."

사자가 소리쳤다.

왜소한 노인이 힘없이 말했다.

"아니, 너희 모두 틀렸어. 내가 너희를 속였던 거야."

"속이다니! 당신은 위대한 마법사가 아닌가요?"

     The Wonderful Wizard of OZ

도로시가 외쳤다.

그가 말했다.

"쉬잇! 그렇게 크게 말하지 마라. 누가 들으면 난 끝장이거든. 나는 위대한 마법사여야 해."

"그럼 위대한 마법사가 아니라는 거예요?"

도로시가 물었다.

"아니란다, 애야. 나는 그냥 평범한 사람이야."

"그냥 평범한 게 아니에요. 당신은 사기꾼이라고요."

"맞는 말이다! 나는 사기꾼이야."

왜소한 마법사는 손바닥을 비비며 말했다. 그게 위로가 되기라도 하는 듯이.

"하지만 이건 끔찍한 일인데…… 그럼 난 어떻게 심장을 얻으라고요?"

양철 나무꾼이 말했다.

"나는 어떻게 용기를 얻죠?"

사자가 물었다.

"난 어떻게 뇌를 얻을 수 있죠?"

허수아비가 옷소매로 눈물을 닦으며 말했다.

오즈가 말했다.

"친구들, 그런 사소한 문제들은 말도 꺼내지 말게. 나를 생각해봐. 들킬 처지에 처한 내 꼴을 보라고."

"당신이 사기꾼인 걸 아무도 모르나요?"

도로시가 물었다.

"너희 넷과 나를 빼면 아무도 몰라. 워낙 오래 모두를 속이며 살았으니 들키지 않을 거라고 생각했지. 내가 너희를 알현실에 들어오게 한 게 실수였어. 보통은 신하들조차 만나지 않는단다. 그들은 나를 무시무시한 존재로만 알고 있지."

"하지만 이해가 안 되는데요. 저한테는 어떻게 거대한 머리로 나타났지요?"

도로시가 당황하며 물었다.

"그건 내가 속임수를 쓴 거란다. 이쪽으로 오렴. 내가 다 설명해 주마."

오즈가 대답했다.

그가 알현실 뒤쪽의 작은 방으로 일행을 안내하자 모두 따라갔다. 오즈가 손짓한 구석에 거대한 머리가 놓여 있었다. 종이를 여러 겹 발라 만든 두상에는 얼굴이 세심하게 그려져 있었다.

오즈가 말했다.

"이것을 줄로 천장에 매달았어. 그리고 내가 가리개 뒤에 서서 줄을 당겨서 눈을 굴리고 입을 움직이게 했지."

"그럼 목소리는 어떻게 했어요?"

도로시가 물었다.

"아, 내가 복화술사거든. 원하는 데서 소리가 나게 할 수 있지. 그래서 네가 두상에서 소리가 나온다고 생각한 거야. 내가 너희를 속이는 데 쓴 물건들이 여기 있단다."

그는 아름다운 여인으로 나타났을 때 입은 드레스와 가면을 허수아비에게 보여주었다. 양철 나무꾼은 무서운 맹수의 정체가 가죽 조각 여러 개를 붙이고 옆구리에 구멍을 낸 것에 불과하다는 것을 알았다. 불덩이 역시 가짜 마법사가 천장에 매달아놓은 장치였다. 실은 솜뭉치지만 기름을 부으면 덩어리에서 불길이 치솟았다.

"당신은 자신이 사기꾼인 것을 창피해해야 해요."

허수아비가 말했다.

"창피해. 정말로 그래. 하지만 그것만이 내가 할 수 있는 일이었단다. 다들 앉아, 의자는 많으니까. 그러면 내가 사연을 이야기하지."

마법사가 서글프게 말했다.

그래서 다들 앉아서 마법사가 털어놓는 이야기를 들었다.

"나는 오마하에서 태어났단다……."

"어머나, 캔자스에서 그리 멀지 않은 곳인데!"

도로시가 외쳤다.

"그렇지. 하지만 여기서는 멀지."

마법사는 도로시를 보며 서글프게 고개를 저었다. 그가 말을 이었다.

"나는 자라서 복화술사가 되었고, 대단한 실력자에게 잘 훈련받았지. 어떤 새나 동물이든 흉내낼 줄 알아."

그가 새끼고양이의 울음소리를 내자 어찌나 비슷한지 토토가 귀를 세우고 두리번거리며 고양이를 찾았다. 오즈가 말을 이었다.

"한참 지나자 그 일이 심드렁해져서 기구 타는 사람이 되었어."

"그게 뭔데요?"

도로시가 물었다.

"서커스를 하는 날 기구를 타고 하늘 높이 올라가서 구경꾼들을 끌어들이고, 그들이 서커스를 보려고 돈을 쓰게 만드는 사람이지."

오즈가 설명했다.

"아, 알 것 같아요."

도로시가 말했다.

"그러던 어느 날, 기구를 타고 올라갔는데 줄이 꼬여서 다시 내려갈 수가 없었단다. 기구는 구름 위로 떠올랐고, 기류가 밀려와서 날 아주 먼 곳으로 데려갔지. 하루 밤낮을 꼬박 공중을 날아서 둘째 날 아침에 잠에서 깨보니 기구가 아름다운 낯선 나라 위에 떠 있는 거야.

기구가 점점 밑으로 내려갔고, 나는 다치지 않고 말

    The Wonderful Wizard of OZ

짱히 착륙했지. 하지만 주위에 온통 이상한 사람들뿐이지 뭐냐! 그들은 나를 구름 위에서 온 사람으로 보고는 위대한 마법사라고 생각한 거지. 물론 나는 사람들이 그렇게 생각하도록 내버려뒀어. 왜냐면 그들은 나를 두려워하면서, 내가 시키는 거라면 무슨 일이든 하겠다고 약속했거든.

착하고 즐겁게만 지내는 사람들을 바쁘게 만들려고, 도시와 내 궁전을 지으라고 했지. 그러자 국민들은 기꺼이 해냈어. 아주 멋진 솜씨로. 나는 나라가 초록빛이고 아름다우니까, '에메랄드 시'라고 부르면 되겠다는 생각이 들었단다. 또 국민 전부에게 초록색 안경을 씌우면 더 알맞겠다 싶었지. 그래서 사람들은 모든 걸 초록색으로 여기게 된 거야."

"그러면 여기 있는 게 전부 초록색이 아니라는 거예요?"

도로시가 물었다.

"다른 도시와 다를 바 없단다. 하지만 초록색 안경을 쓴 사람에게는 당연히 초록색으로 보이지. 에메랄드 시는 오래전에 세워졌고, 기구를 타고 이곳에 왔을 때는 나도 젊은이였지. 이제는 아주 늙은 이가 되었어. 하지만 내 국민들은 초록색 안경을 워낙 오래 끼고 살아서 대부분은 여기가 진짜 에메랄드 시라고 생각하지. 보석과 귀금속이 넘쳐나니 아름다운 곳임은 분명해. 나는 지금껏 백성들에 잘했고 그들도 나를 좋아하지. 하지만 이 궁전이 세워진 후 나는 갇혀서 지냈고 사람들을 만나지 않았어."

오즈가 한숨을 쉬었다.

"가장 큰 두려움 중 하나가 마녀였지. 내가 마력을 갖지 않은 반면, 마녀들은 놀라운 일들을 해낼 수 있다는 것을 알게 됐거든. 이 나라에는 마녀가 네 명 있는데, 그들은 각각 동서남북에 사는 사람들을 다스렸지. 다행히 남쪽과 북쪽 마녀는 선해서 내게 해를 입히지 않으리란 걸 알았어. 하지만 동쪽과 서쪽 마녀는 무시무시하고 사악해. 그러니 내 신통력이 그들보다 약하다고 생각하면 나를 없앨 게 분명했지. 사실 나는 오랜 세월 그들을 몹시 두려워하면서 살았어. 그러니 네 집이 악한 동쪽 마녀 위에 떨어졌다는 이야기를 듣고 내가 얼마나 기뻤을지 상상이 되겠지. 너희가 내게 왔을 때 나는 서쪽 마녀를 없애기만 하면 뭐든 해주겠다고 약속했었다. 하지만 이제 너희가 마녀를 녹였는데도, 내가 약속을 지킬 수 없다는 말을 해야 하다니 창피하구나."

"난 당신이 아주 나쁜 사람이라고 생각하는데요."

도로시가 말했다.

"아, 아니란다. 난 정말 착한 사람이지만…… 그건 인정해야겠지."

"그럼 나한테 뇌를 주지 못하나요?"

　　　The Wonderful Wizard of OZ

허수아비가 말했다.

"네게는 뇌가 필요 없어. 너는 매일 배워가고 있단다. 아기도 뇌를 갖고 있지만, 아는 것은 거의 없지. 사람은 경험으로 지식을 얻게 되거든. 네가 오래 살수록 더 많은 경험을 하게 될 거야."

"그것도 다 맞는 말이겠지만, 당신이 내게 뇌를 주지 않는다면 난 몹시 불행할 거예요."

허수아비가 말했다.

가짜 마법사는 그를 가만히 바라보았다.

오즈가 한숨을 쉬면서 말했다.

"그래, 말했다시피 난 형편없는 마법사다. 그래도 내일 아침에 나를 찾아오면 네 머리에 뇌를 넣어주마. 하지만 뇌를 쓰는 방법까지는 말해줄 수 없으니, 그건 혼자 힘으로 알아내야 해."

"정말 고마워요. 감사합니다! 뇌를 쓰는 법을 알아낼 테니 걱정마세요!"

허수아비가 외쳤다.

"하지만 내 용기는 어쩌지요?"

사자가 안절부절못하며 물었다.

오즈가 대답했다.

"난 네가 이미 용기를 가졌다고 믿는데. 네게 필요한 것은 자신감이야. 생명이 있는 것들은 무엇이든 위험한 것을 대하면 두려워하거든. 진정한 용기는 겁이 나더라도 위험과 마주치는 데 있고, 너는 그런 종류의 용기를 많이 가지고 있단다."

"그럴지 몰라도 여전히 겁이 나는걸요. 두려움을 잊게 만드는 종류의 용기를 얻지 못한다면, 나는 몹시 불행할 거예요."

사자가 말했다.

오즈가 대답했다.

"알겠다. 내일 네게 그런 종류의 용기를 주마."

"내 심장은 어떻게 하나요?"

양철 나무꾼이 물었다.

오즈가 대답했다.

"아, 그건 말이지……, 네가 심장을 갖고 싶어하는 게 틀린 생각 같구나. 심장은 사람들을 불행하게 만들거든. 네가 그 사실을 안다면, 심장이 없으니 운이 좋다고 생각해야 할 텐데."

"그건 견해의 문제겠지요. 내 입장에서는 당신이 심장만 준다면 아무 불평 없이 모든 불행을 견디겠어요."

양철 나무꾼이 말했다.

오즈가 힘없이 대꾸했다.

"알았다. 내일 나를 찾아오면 심장을 주겠다. 워낙 오랫동안 마법사 노릇을 했으니 그 역할을 잠시 더 해도 상관없겠지."

도로시가 물었다.

"저는요? 저를 어떻게 캔자스로 돌려보내줄 건가요?"

"그 문제는 생각을 해봐야겠구나. 생각할 시간을 2~3일 주면 너를 사막으로 보낼 방법을 찾아내보마. 그때까지 너희 모두 내 손님으로 대접받을 것이고, 궁전에서 지내는 동안은 내 국민들이 시중을 들면서 아주 작은 일이라도 보살펴줄 것이다. 그 도움에 대해 내가 요구하는 보답은 딱 한 가지—내 비밀을 지켜 달라는 것이다. 내가 사기꾼이라는 사실을 누구에게도 말하면 안 된다."

일행은 아무것도 말하지 않겠다고 약속하고, 들뜬 기분으로 숙소로 돌아갔다. 도로시까지도 '위대하고 무시무시한 사기꾼'이 캔자스로 돌려보낼 방법을 찾아내기를 바랐다. 그렇게 해주기만 한다면 그가 벌인 모든 짓을 용서해줄 작정이었다.

제 16 장

위대한 사기꾼의 마술

The Magic Art of the Great Humbug

다음 날 아침 허수아비가 친구들에게 말했다.

"축하해 줘. 드디어 뇌를 얻으러 오즈한테 갈 거야. 돌아올 때는 다른 사람들이랑 똑같을 거라고."

"난 언제나 그 모습 그대로의 네가 좋았는데."

도로시가 간단히 대답했다.

"허수아비를 좋아해주다니 친절하구나. 하지만 새 뇌에서 쏟아내는 근사한 생각들을 들으면 나를 더 대단하게 보게 될걸."

허수아비가 대꾸했다. 그는 쾌활한 목소리로 친구들에게 인사를 하고, 알현실로 가서 문을 두드렸다.

"들어오너라."

오즈가 대답했다.

허수아비가 들어가니, 왜소한 마법사는 생각에 잠긴 채 창가에 앉아 있었다.

"뇌를 받으러 왔는데요."

허수아비가 좀 어색하게 말

했다.

오즈가 대답했다.

"아, 그렇지. 저 의자에 앉아라.

네 머리통을 떼내야 하는데 좀 양해해줘

야겠구나. 뇌를 제자리에 넣으려면 머리통을 벗

길 수밖에 없거든."

"괜찮아요. 더 좋은 머리로 되돌려주시기만 한다면 얼마든지요."

허수아비가 말했다.

마법사는 그의 머리를 들어내서 지푸라기를 빼냈다. 그런 다음

뒷방으로 가서 약간의 왕겨를 준비해서 핀과 바늘을 잔뜩 넣고 섞

었다. 완전히 섞이도록 흔든 다음 허수아비의 머리통 윗부분에 넣

고, 나머지 공간에 지푸라기를 넣었다. 그는 허수아비의 머리통을

다시 몸에 붙이고 말했다.

"이제 너는 훌륭한 사람이 될 것이다. 내가 새 뇌를 아주 많이 줬

거든."

가장 큰 소망이 이루어지자 허수아비는 기쁘고 자랑스러웠다. 그

는 오즈에게 열렬히 인사하고 친구들에게 돌아갔다.

도로시가 호기심 어린 눈으로 허수아비를 쳐다보았다. 윗부분에

The Wonderful Wizard of OZ

뇌가 들어 있어 머리통이 불룩했다.

"기분이 어때?"

도로시가 물었다.

"정말 현명해진 느낌이야. 뇌에 익숙해지면 뭐든 다 알게 되겠지."

허수아비가 진지하게 대답했다.

양철 나무꾼이 물었다.

"왜 머리에서 바늘이랑 핀이 삐죽 나와 있지?"

"허수아비가 날카롭다는 증거지."

사자가 대답했다.

"그럼 나도 오즈한테 가서 심장을 달래야겠어."

나무꾼이 말했다. 그는 알현실로 가서 문을 두드렸다.

"들어오너라."

오즈가 대답했다. 양철 나무꾼은 방으로 들어가서 말했다.

"심장을 얻으러 왔는데요."

"잘 알겠다. 하지만 네 가슴팍에 구멍을 내야겠구나. 그래야 제자리에 심장을 넣을 수 있거든. 아프지 않아야 할 텐데."

체구가 작은 마법사가 말했다.

"아, 괜찮아요. 나는 아무것도 못 느끼거든요."

양철 나무꾼이 대답했다.

오즈는 양철공들이 쓰는 큰 가위를 가져와서 나무꾼의 가슴 왼쪽에 작은 사각형으로 구멍을 냈다. 그런 다음 서랍장에서 비단에 톱밥을 넣은 예쁜 심장을 꺼냈다.

그가 물었다.

"아름답지 않니?"

"정말 그러네요!"

양철 나무꾼이 기뻐하며 맞장구쳤다. 그가 덧붙여 물었다.

"그런데 친절한 심장인가요?"

"아, 물론이지!"

오즈가 대답했다. 그는 양철 나무꾼의 가슴에 심장을 넣은 다음, 사각형 양철조각을 대고 잘라낸 자리를 말끔히 땜질했다.

"자, 이제 너는 누구라도 자랑스러워할 만한 심장을 가졌다. 가슴을 땜질해서 미안하지만, 어쩔 수 없었단다."

오즈가 말했다.

양철 나무꾼이 행복해하며 말했다.

"땜질은 마음 쓰지 마세요. 진심으로 감사드립니다. 베푸신 친절을 잊지 않을게요."

"그런 말 말게."

오즈가 대답했다.

양철 나무꾼은 친구들에게 돌아갔고, 다들 운이 좋았다며 기뻐해 주었다.

다음으로 사자가 알현실로 가서 문을 두드렸다.

 The Wonderful Wizard of OZ

“들어오너라.”

오즈가 말했다.

“용기를 받으러 왔는데요.”

사자가 방에 들어서면서 말했다.

“알았다. 내가 용기를 가져오마.”

왜소한 오즈가 말했다.

그는 찬장으로 가서 높은 선반에 있는 사각형 모양의 초록색 병을 꺼냈다. 오즈는 병에 든 것을 아름답게 조각된 초록색과 금색이 섞인 그릇에 따랐다. 그가 그릇을 앞에 내려놓자 겁쟁이 사자는 마음에 들지 않기라도 하는 양 킁킁댔다. 오즈가 말했다.

“마시렴.”

“이게 뭔데요?”

사자가 물었다.

오즈가 대답했다.

“이게 네 안에 들어가면 용기가 될 거야. 물론 용기는 언제나 마음속에 있다는 것을 너도 알겠지. 그러니까 삼키기 전까지는 이것을 진짜 ‘용기’로 부를 순 없단다. 그러니 최대한 빨리 이걸

마시라고 충고하고 싶구나."

사자는 더 이상 머뭇거리지 않고 그릇을 비웠다.

"이제 기분이 어떠냐?"

오즈가 물었다.

"용기가 넘치는데요."

사자가 대답했다. 신이 난 그는 친구들에게 가서 자신의 행운을 자랑했다.

혼자 남은 오즈는 허수아비와 양철 나무꾼과 사자의 바람을 들어주는 데 성공했다고 생각하며 빙그레 웃었다.

그는 혼잣말로 중얼댔다.

"누구나 불가능한 줄 아는 일들을 하게 만드니, 내가 사기꾼이 될 수밖에……. 허수아비와 사자, 나무꾼을 행복하게 해주기는 쉬웠어. 그들은 내가 어떤 일이든 할 수 있다고 상상했으니까. 하지만 도로시를 캔자스로 돌려보내는 데는 더 많은 상상이 필요해. 어떻게 해야 할지 모르겠군."

제 17 장

어떻게 기구를 띄웠는가

How the Balloon Was Launched

사흘간 도로시는 오즈에게서 아무 소식도 듣지 못했다. 친구들은 자신들이 받은 것에 대해 좋아하고 만족했지만, 어린 소녀에게는 속상한 나날이었다. 허수아비는 친구들에게 머리에 멋진 생각들이 있지만, 어차피 자기 외에는 아무도 이해하지 못할 테니 말하지 않겠다고 했다. 양철 나무꾼은 걸어다닐 때 가슴팍 안에서 심장이 흔들리는 것을 느꼈다. 그는 도로시에게 살로 된 몸이었을 때보다 더 친절한 마음을 가지게 되었다고 말했다. 사자는 세상에 아무것도 겁날 게 없다고 했다. 인간 군대나 사나운 칼리다 열두어 마리라도 기꺼이 맞서겠노라고 장담했다.

결국 도로시를 빼곤 다들 만족해하고 있었다. 도로시는 그 어느 때보다도 캔자스로 돌아가고 싶은 마음이 간절했다.

나흘째 되는 날, 오즈가 그녀를 부르자 도로시는 무척 기뻤다. 소녀가 알현실에 들어가자 오즈는 유쾌하게 말했다.

"앉으렴. 너를 이 나라에서 나가게 할 방법을 찾은 것 같구나."

"그럼 캔자스로 갈 수 있나요?"

도로시가 조급하게 물었다.

"글쎄, 캔자스에 대해서는 자신이 없구나. 거기가 어디 붙었는지도 모르니까 말이다. 하지만 맨 먼저 할 일은 사막을 건너는 거야. 그다음에는 집으로 가는 길을 찾기가 쉽겠지."

오즈가 말했다.

도로시가 물었다.

"사막을 어떻게 건널 수 있지요?"

오즈가 대답했다.

"저기, 내 생각을 들어봐. 알다시피 난 이 나라에 올 때 기구를 타고 왔단다. 너 역시 회오리바람에 휩쓸려 대기를 타고 왔고 말이다. 그러니 사막을 건널 가장 좋은 방법은 하늘을 통하는 길일 거야. 회오리바람을 일으키는 것은 내 능력 밖의 일이지만, 기구는 내 힘으로 만들 수 있을 것 같구나."

"어떻게요?"

도로시가 물었다.

"기구는 비단으로 만들지. 가스가 안에 들어 있도록 천에 풀을 먹이는 거야. 궁전에 비단이 많이 있으니, 우리가 기구를 만드는 일은 그리 어렵지 않을 거다. 하지만 이 나라를 다 뒤져도 기구를 채울 가

     The Wonderful Wizard of OZ

스가 없어. 가스가 들어가야 기구가 둥둥 뜨는데 말이야."

"기구가 뜨지 않는다면, 우리에게 아무 소용도 없잖아요."

도로시가 말했다.

"맞는 말이야. 하지만 기구를 뜨게 할 다른 방법이 있단다. 기구에 열풍을 채우는 거지. 열풍은 가스만은 못해. 공기가 차가워지면, 기구가 사막으로 내려갈 거고 우린 길을 잃고 말 테니까."

오즈가 대답했다.

"우리라니요! 당신도 나랑 같이 가나요?"

도로시가 외쳤다.

오즈가 말했다.

"아, 물론이지. 이제 사기꾼 노릇하기도 지겹거든. 내가 궁전에서 나가면, 백성들이 내가 마법사가 아니라는 것을 금방 알아차릴 거야. 나한테 속았다는 걸 알고 화를 내겠지. 그러니 온종일 궁전에 처박혀 있을 수밖에 없단다. 얼마나 지루한지 모른다. 차라리 너랑 같이 캔자스로 돌아가서 다시 서커스단에 들어가고 싶구나."

"같이 가겠다니 기뻐요."

도로시가 말했다.

"고맙다. 자, 네가 비단을 잇는 것을 돕겠다면 함께 기구를 만들기 시작하자꾸나."

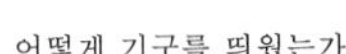

도로시는 실과 바늘을 들었다. 오즈가 적당하게 비단을 자르자마자 소녀는 얌전하게 그것을 이어 붙였다. 처음에는 초록색 비단을, 다음에는 진한 초록색 비단을, 다음에는 에메랄드색 비단을 붙였다. 오즈가 여러 색으로 된 기구를 띄우고 싶어했기 때문이었다. 천조각을 다 잇는 데 사흘이 걸렸지만, 마침내 길이 6미터가 넘는 대형 초록색 비단 기구가 완성되었다.

오즈는 공기가 새지 않도록 기구 안쪽에 풀을 얇게 발랐다. 그 작업이 끝나자 그는 기구가 완성되었다고 알렸다.

"하지만 우리가 탈 바구니가 있어야 되는데."

그래서 그는 초록 수염을 기른 병사를 보내서 큰 빨래 바구니를 가져오게 했다. 그는 기구 아랫면에 밧줄 여러 개로 바구니를 연결했다.

모든 준비를 마치자 오즈는 백성들에게 구름 속에 사는 위대한 마법사 형제를 만나러 다녀온다고 알렸다. 소식은 에메랄드 시에 급속도로 퍼졌고, 모두 그 멋진 광경을 구경하러 왔다.

오즈는 기구를 궁전 앞으로 옮기도록 명령했고, 구경꾼들은 잔뜩 호기심 어린 눈으로 기구를 쳐다보았다. 양철 나무꾼은 미리 잔뜩 패 놓은 장작더미로 불을 피웠고, 오즈는 불 위에 기구 아랫면을 올려서 열풍이 비단 주머니 속으로 들어가게 했다. 점점 주머니가 부풀더니 떠올랐고, 마침내 바구니가 땅에 닿을락말락해졌다.

그러자 오즈가 바구니에 타고, 쩌렁쩌렁한 목소리로 백성들에게 말했다.

"이제 나는 형제를 방문하러 떠나겠다. 내가 자리를 비운 동안, 허수아비가 여러분을 다스릴 것이다. 여러분은 나한테 그랬듯이 허수아비를 받들도록 하라."

기구는 이미 밧줄이 팽팽해질 만큼 떠올랐다. 주머니 속의 공기가 뜨거워서 바깥의 공기보다 훨씬 가볍기 때문이었다. 기구가 하늘로 솟구치려 했다.

"어서 타, 도로시! 서두르지 않으면 기구가 떠오를 거야."

마법사가 소리쳤다.

"토토가 안 보여요."

도로시가 대답했다. 작은 개를 두고 가고 싶지 않았다. 토토는 새끼고양이를 보고 사람들 속으로 달려가버렸던 것이다. 마침내 토토를 찾은 도로시가 얼른 개를 안고 기구로 달려갔다.

기구까지 몇 걸음 안 남았을 때, 오즈가 도로시를 바구니에 태우려고 손을 뻗었다. 하지만 그때 밧줄이 '우지직!' 소리를 냈고, 기구는 소녀를 태우지 않고 하늘로 떠올랐다.

"내려와요! 나도 같이 가고 싶다고요!"

도로시가 소리쳤다.

"나는 내려갈 수가 없단다. 잘 있으렴!"

바구니에서 오즈가 외쳤다.

"잘 가요!"

다들 소리를 질렀고, 모든 이의 눈이 마법사가 탄 바구니에 쏠렸다. 기구는 점점 하늘 높이 떠올랐다.

그 후로 누구도 위대한 마법사 오즈를 보지 못했다. 그는 오마하에 무사히 도착해서 지금도 거기 살고 있으리라. 하지만 에메랄드 시민들은 그를 좋은 기억으로 간직하며 서로 이렇게 말했다.

"위대한 오즈는 늘 우리의 친구셨어. 이곳에 와서는 우리를 위해 이 아름다운 에메랄드 시를 만드셨고, 이제는 '현명한 허수아비'에게 우리를 통치하도록 맡기고 떠나셨지."

사람들은 위대한 마법사가 떠난 일을 두고 오래도록 슬퍼했고, 어떤 위로도 그 슬픔을 덜어주지는 못했다.

The Wonderful Wizard of OZ

제 18 장

남쪽으로

Away to the South

도로시는 캔자스의 집으로 돌아갈 희망이 사라지자 몹시 슬퍼하며 흐느꼈다. 하지만 다시 생각해보니 기구에 타지 않은 게 다행스럽게 여겨졌다. 또 한편으로는 오즈를 볼 수 없게 된 것이 아쉬웠다. 그녀의 친구들도 그렇다고 동의했다.

양철 나무꾼이 다가와서 말했다.

"사실 말이야, 내게 멋진 심장을 준 사람이잖아. 섭섭하지 않다면 내가 감사를 모르는 사람이겠지. 오즈가 떠났으니, 네가 친절을 베풀어 눈물을 닦아준다면 좀 울고 싶어. 그래야 녹이 슬지 않을 테니까."

"그렇게 해."

도로시가 대답하고 얼른 수건을 가져왔다. 그러자 양철 나무꾼은 몇 분간 흐느꼈고, 도로시는 찬찬히 살피다가 얼른 수건으로 눈물을 닦아주었다. 나무꾼은 울음을 그치고 도로시에게 고맙다고 인사한 다음, 보석 박힌 기름통을 꺼냈다. 그리고 이음새에 기름칠을 해서 녹스는 것을 막았다.

이제 허수아비가 에메랄드 시의 통치자가 되었다. 그는 마법사가 아니었지만, 백성들은 그를 자랑스러워했다. 그들은 이렇게 말했다.

"세상에 지푸라기 인간에게 통치를 받는 나라는 여기밖에 없으니까."

우리가 아는 한 그건 맞는 말이었다.

오즈를 태운 기구가 하늘로 올라간 다음 날 아침, 네 친구는 알현실에 모여서 여러 가지 문제를 의논했다. 허수아비는 큰 권좌에 앉았고, 나머지는 예의바르게 그 앞에 섰다.

새 통치자가 말했다.

"이 궁전과 에메랄드 시가 우리 것이 되었으니 운이 좋은 편이야. 우린 원하는 대로 할 수 있어. 농부의 옥수수 밭에 있는 장대에 매달렸던 게 바로 얼마 전인데, 이제 이 아름다운 도시의 통치자가 되었으니, 내 행운이 만족스럽군."

양철 나무꾼이 말했다.

"나 역시 새 심장을 얻어서 정말 기뻐. 사실 세상에서 내가 바란 건 그것뿐이었거든."

"나로 말하자면, 내가 세상의 어떤 동물보다 더하면 더했지 덜 용

     The Wonderful Wizard of OZ

감하지는 않다는 사실을 알았으니 흐뭇해.”

사자가 겸손하게 말했다.

허수아비가 말했다.

“도로시만 에메랄드 시에 사는 게 좋다면, 우리 다 함께 행복할 수 있을 텐데.”

“하지만 난 여기서 살고 싶지 않은걸. 캔자스로 돌아가서 엠 숙모랑 헨리 삼촌이랑 살고 싶단 말이야.”

도로시가 외쳤다.

“그렇다면 어떻게 하면 될까?”

양철 나무꾼이 물었다.

허수아비는 생각해보기로 했고, 어찌나 몰두했던지 핀과 바늘이 뇌 밖으로 삐죽이 나오기 시작했다. 마침내 그가 입을 열었다.

“날개 달린 원숭이들을 불러서, 너를 데리고 사막을 지나가 달라고 부탁하면 되잖아?”

“그 생각을 못했네! 바로 그거야. 당장 가서 황금 모자를 가져올게.”

도로시가 기뻐하며 말했다.

소녀는 모자를 갖고 알현실로 돌아와서 마법 주문을 외우기 시작했다. 곧 날개 달린 원숭이들이 열린 창으로 날아와서 도로시 옆에 섰다.

원숭이 왕이 소녀에게 절을 하고 나서 말했다.

"두 번째로 우리를 불렀습니다. 무엇을 원하십니까?"

"너희가 나를 데리고 캔자스로 날아가면 좋겠어."

도로시가 말했다.

하지만 원숭이 왕은 고개를 저었다.

그가 말했다.

"할 수 없는 일입니다. 우리는 이 나라에만 속해 있어서 여기를 떠날 수가 없습니다. 지금껏 캔자스에는 날개 달린 원숭이가 없었고, 앞으로도 그럴 겁니다. 우리들은 그곳에 속하지 않으니까요. 능력이 닿는 일이라면 기꺼이 해드리겠지만, 사막을 건널 수는 없습니다. 안녕히."

원숭이 왕은 다시 절을 한 후 날개를 펴고 창밖으로 날아갔고, 원숭이들이 뒤따랐다.

도로시는 실망해서 울음이 터질 것 같았다.

소녀가 말했다.

"날개 달린 원숭이들이 도와주지 못하다니, 공연히 황금 모자의 마법만 낭비했어."

"정말 안됐다!"

상냥한 마음을 가진 나무꾼이 말했다.

   The Wonderful Wizard of OZ

허수아비는 다시 생각에 잠겼고, 그의 머리가 울룩불룩해져서 도로시는 혹 터지지 않을까 걱정했다.

"우리 초록 수염의 병사를 불러 들여서 조언을 구해보자."

허수아비가 말했다.

병사는 부름을 받고 겁내며 알현실로 들어왔다. 오즈가 살아 있을 때에는 문을 넘어 들어오도록 허락받지 못했으니까.

허수아비가 병사에게 말했다.

"이 소녀는 사막을 건너고 싶어한다. 그러려면 어떻게 하면 되겠느냐?"

병사가 대답했다.

"저는 말씀드릴 수 없습니다. 오즈님 말고는 사막을 건넌 사람이 아무도 없으니까요."

"나를 도와줄 수 있는 사람은 없을까?"

도로시가 다급히 물었다.

"글린다라면……."

초록 수염의 병사가 말했다.

"글린다가 누군데?"

허수아비가 물었다.

"남쪽 마녀입니다. 모든 마녀 중 가장 강력한 존재로 쿼들링 사람들을 다스리고 있지요. 게다가 글린다의 성은 사막 끄트머리에 있으니, 사막을 건너는 법을 알 겁니다."

"글린다는 선한 마녀가 맞지?"

도로시가 물었다.

"쿼들링 사람들은 그녀를 착하다고 생각하지요. 또 모두에게 친절하고요. 글린다는 아름다운 여인으로, 오래 살았는데도 젊음을 간직하는 법을 안다더군요."

병사가 대답했다.

"어떻게 하면 그녀의 성에 갈 수 있죠?"

도로시가 물었다.

초록 수염의 병사가 대답했다.

"남쪽까지 길이 쭉 나 있지만, 그 길은 위험으로 가득 차 있다고 해요. 숲에는 맹수가 우글거리고, 이방인이 자기 나라에 들어오는 것을 싫어하는 이상한 인간 족속이 있다고 합니다. 그런 이유 때문에 쿼들링 사람들은 에메랄드 시에 온 적이 없지요."

병사가 알현실에서 나가자 허수아비가 말했다.

"위험하긴 하지만, 도로시가 남쪽 나라로 가서 글린다에게 도움을 청하는 게 최선인 것 같아. 그냥 여기서 산다면, 캔자스에는 못 돌아갈 거야."

"다시 고민했나보구나."

양철 나무꾼이 말했다.

"그랬지."

허수아비가 대답했다.

사자가 말했다.

"난 도로시와 같이 갈 거야. 도시가 지겹고, 숲과 시골이 그리워. 난 진짜 맹수잖아. 게다가 도로시에게는 보호해줄 누군가가 필요해."

"맞는 말이야. 내 도끼도 도움이 될 거야. 그러니 나도 도로시와 남쪽 나라로 갈 테야."

나무꾼이 말했다.

"언제 출발할까?"

허수아비가 물었다.

"너도 가려고?"

친구들이 놀라서 물었다.

"당연하잖아. 도로시가 아니었다면 난 뇌를 얻지 못했을 거야. 도로시가 옥수수 밭의 장대에서 날 내려주고 여기 에메랄드 시까지 데려왔어. 그러니 내 행운은 도로시 덕분이고, 난 도로시가 캔자스로 돌아갈 수 있기 전까지는 헤어지지 않을 거야."

허수아비가 말했다.

"고마워. 모두 내게 정말 잘해주는구나. 하지만 난 가능한 한 빨리 출발하고 싶어."

도로시가 고마워하면서 말했다.

"내일 아침에 떠나자. 긴 여행이 될 테니 단단히 채비를 하자고."

허수아비가 대답했다.

제 19 장

싸움꾼 나무의 공격을 받다

Attacked by the Fighting Trees

다음 날 아침, 도로시는 예쁜 초록 아가씨와 입을 맞추며 작별 인사를 했고, 다른 일행 모두 초록 수염의 병사와 악수를 했다. 병사는 그들을 문까지 바래다주었다. 수문장은 그들을 다시 둘러보며 아름다운 도시를 떠나 새로운 위험에 빠져들지나 않을지 걱정했다. 하지만 그들의 안경을 벗겨서 초록 상자에 도로 넣고, 일행에게 잘 가라고 인사했다.

그가 허수아비에게 말했다.

"이제 당신이 우리의 새로운 통치자시니 최대한 서둘러 돌아오셔야 합니다."

허수아비가 대답했다.

"그럴 수 있다면 기필코 그러겠지만, 먼저 도로시가 집에 갈 수 있도록 도와줘야 해."

도로시는 사람 좋은 수문장에게 마지막 작별을 고하며 말했다. "당신의 아름다운 도시는 우릴 잘 대접해주셨지요. 다들 내게 잘해주었어요. 얼마나 감사한지 이루 말할 수가 없네요."

"그런 말 말아요, 아가씨. 우리랑 같이 살면 좋겠지만, 캔자스로 돌아가는 게 소원이라니 꼭 길을 찾기 바랍니다."

수문장이 대답했다. 그가 바깥쪽 벽에 난 문을 열어주었고, 일행은 밖으로 나와 길을 떠났다.

해가 환하게 빛나자 친구들은 남쪽 나라 방향으로 고개를 돌렸다. 모두 활기가 넘쳐서 같이 웃고 떠들었다. 도로시는 집에 돌아갈 희망에 다시금 마음이 부풀었고, 허수아비와 양철 나무꾼은 소녀를 도울 수 있어서 기뻤다. 사자로 말하자면 신이 나서 킁킁거리며 상쾌한 공기를 들이마셨고, 꼬리를 이리저리 흔들면서 시골에 돌아온 즐거움을 누렸다. 토토는 그들 주위를 뛰어다니고, 나방과 나비를 쫓으면서 계속 즐겁게 짖었다.

일행이 빠른 걸음으로 나아갈 때 사자가 말했다.

"도시 생활은 나한테 전혀 맞지 않아. 거기 살면서부터 살이 많이 빠졌어. 이제 다른 맹수들에게 내가 얼마나 용감해졌는지 자랑할 기회가 생겨야 할 텐데."

     The Wonderful Wizard of OZ

이제 일행은 몸을 돌려 마지막으로 에메랄드 시를 돌아보았다. 초록색 벽들 뒤로 한 덩어리를 이룬 탑들과 첨탑들만 눈에 들어왔다. 맨 위에는 오즈 궁전의 뾰족한 지붕들과 원형 지붕이 보였다.

"결국 오즈는 아주 형편없는 마법사는 아니었어."

양철 나무꾼이 가슴에서 덜컹대는 심장을 느끼면서 말했다.

"그는 내게 뇌를 줄 수 있는 방법을 알고 있었어. 그것도 아주 훌륭한 뇌를."

허수아비가 맞장구쳤다.

사자가 말했다.

"내게 준 약을 오즈도 먹었다면, 용감한 사람이 됐을 텐데."

도로시는 아무 말 하지 않았다. 비록 오즈가 약속을 지키지는 못했지만, 최선을 다했기 때문에 도로시는 그를 용서했다. 그의 말처럼 오즈는 형편없는 마법사일지 몰라도 좋은 사람이었다.

초록빛 들판을 지나는 것이 첫날의 여정이었다. 에메랄드 시 주변에는 사방으로 화사한 꽃들이 피어 있었다. 그날 밤 일행은 풀밭에서 잠을 잤다. 보이는 거라곤 별들 뿐이었다. 그들은 밤새 푹 쉬었다.

아침이 되자 일행은 길을 걷다가 빽빽한 숲을 만났다. 오른쪽 왼쪽 할 것 없이 숲이 펼쳐져 있어서 돌아갈 방도는 없었다. 게다가 길을 잃을까봐 한 번 잡은 방향을 바꿀 수도 없었다. 그래서 친구들은 숲으로 들어가기에 가장 수월한 곳을 찾아보았다.

앞장 서서 걷던 허수아비가 마침내 큰 나무를 발견했다. 가지들

이 넓게 퍼져 있어서 그 밑으로 지나갈 수 있을 것 같았다. 하지만 허수아비가 나무쪽으로 걸어가 첫 번째 가지 밑에 들어서기 무섭게, 나뭇가지들이 굽어지면서 그를 휘감았다. 그리고는 그를 땅에서 번쩍 올렸다가 일행 사이로 팽개쳤다.

허수아비는 상처를 입지는 않았지만 크게 놀랐고, 도로시가 일으켜 줄 때는 무척 어지러웠다.

"이쪽에 다른 틈이 있어."

사자가 말했다.

"먼저 내가 가볼게. 나는 팽개쳐져도 다치지 않으니까."

허수아비가 말하면서 다른 나무에 다가섰지만, 가지들이 그를 휘감아서 다시 팽개쳤다.

"이상하네! 이제 어떻게 하지?"

도로시가 외쳤다.

사자가 말했다.

"나무들이 우리랑 싸우기로 작정했나 봐. 지나가지 못하도록 말이야."

"아무래도 내가 나서야 되겠는걸."

양철 나무꾼이 말했다. 그는 도끼를 어깨에 지고, 맨 앞의 나무를 향해 걸어갔다. 허수아비를 거칠게 팽개친 나무였다. 큰 가지가 그를 휘감으려고 구부러지자 나무꾼이 거세게 도끼를 내려쳐서 가지를 두 동강 냈다. 나무는 아픔을 느끼는 듯 가지들을 전부 떨기 시작했고, 그사이 양철 나무꾼은 무사히 아래를 통과했다.

"이리 와! 서둘러!"

그가 일행에게 소리쳤다.

모두 달려가서 다치지 않고 나무 밑을 지나갈 수 있었다. 토토만 작은 가지에 붙잡혔고, 가지가 자신을 마구 흔들자 울부짖었다. 하지만 나무꾼이 얼른 가지를 자른 덕분에 풀려날 수 있었다.

숲의 다른 나무들은 그들을 막지 않았다. 친구들은 맨 앞에 있는 나무들만 가지를 구부릴 줄 안다고 결론지었다. 이들은 숲의 경찰로 낯선 이들이 접근하지 못하게 하기 위해 이런 놀라운 능력을 갖고 있는 듯했다.

네 명의 여행자는 수월하게 나무들 사이를 지나갔고, 마침내 숲의 끄트머리에 도착했다. 그 순간 놀랍게도 그들 앞에 높은 벽이 나타났다. 벽은 하얀 도자기로 만들어진 것 같았다. 그릇의 표면처럼 매끄러웠고, 그들의 키보다 높았다.

"이제 어떻게 해야 되지?"

도로시가 물었다.

"내가 사다리를 만들게. 벽을 넘어가야 되니까."

양철 나무꾼이 말했다.

   The Wonderful Wizard of OZ

제 20 장

아름다운 도자기 나라

The Dainty China Country

나무꾼이 숲에서 얻은 나무로 사다리를 만드는 사이 먼 길을 걷느라 고단해진 도로시는 누워서 잠을 청했다. 사자도 몸을 웅크리고 잠들었고, 토토는 그 옆에 누웠다.

허수아비는 나무꾼이 일하는 모습을 지켜보다가 말을 걸었다.

"왜 이런 벽이 여기 있는지, 벽이 무엇으로 만들어졌는지 모르겠는걸."

"머리를 좀 쉬게 하렴. 벽 따윈 걱정하지 마. 우리가 벽을 넘으면 저편에 뭐가 있는지 알게 될 테니까."

한참 후 사다리가 완성되었다. 어설퍼 보였지만, 양철 나무꾼은 튼튼해서 제 구실을 해낼 거라고 장담했다. 허수아비가 도로시, 사자, 토토를 깨워서 사다리가 준비됐다고 알렸다. 맨 먼저 허수아비가 사다리에 올랐지만, 그가 워낙 서툴러서 도로시가 바싹 뒤따라

가면서 떨어지지 않게 잡아줘야 했다. 그는 벽 너머로 고개를 내밀
자마자 말했다.

"세상에!"

"계속 가."

도로시가 외쳤다.

그래서 허수아비는 위로 올라가 벽을 타고 앉았고, 도로시가 벽
위로 고개를 내밀었다.

"세상에!"

도로시도 허수아비와 똑같이 탄성을 질렀다.

곧 토토가 올라와서 짖기 시작했지만, 도로시가 조용히 하도록
달랬다.

다음으로 사자가 사다리를 타고 올라갔고, 양철 나무꾼이 마지막
으로 올라갔다. 벽 너머를 보자마자 둘 다 똑같이 외쳤다.

"세상에!"

그들은 벽 꼭대기에 나란히 앉아서 아래를 내려다보았다. 신기한
광경이었다.

그들 앞에 거대한 나라가 펼쳐졌다. 바닥은 큰 접시 밑바닥처럼
매끈하고 윤이 나는 흰색이었다. 화사하게 칠한 도자기로만 만든
집들이 사방에 흩어져 있었다. 집들은 모두 작았고, 가장 큰 집이래
야 높이가 도로시의 허리 정도였다. 또 예쁘장한 작은 헛간들이 있
고, 주위에는 도자기 울타리가 있었다. 도자기로 된 젖소, 양, 말, 돼

     The Wonderful Wizard of OZ

지, 닭이 무리지어 서 있었다.

하지만 그중에서도 가장 이상한 것은 이 기묘한 나라에 사는 사람들이었다. 젖 짜는 아가씨들과 목동 아가씨들은 상의가 꼭 끼고 사방에 금색 점이 있는 원색 드레스를 입고 있었다. 공주들은 비할 데 없이 아름다운 은색, 금색, 자주색 드레스를 입었고, 양치기들은 분홍, 노랑, 파랑색 줄무늬로 된 무릎까지 오는 반바지 차림이었다. 그들의 신발에는 금색 버클이 박혀 있었다. 머리에 보석 왕관을 쓴 왕자들은 털가죽 가운과 허리가 잘록한 비단 상의를 걸쳤고, 러플 달린 옷을 입은 우스꽝스런 어릿광대들은 뺨에 빨갛게 연지를 찍고, 앞코가 뾰족하고 힐이 높은 모자를 쓰고 있었다. 가장 신기한 것은 이들이 다 도자기로 만들어졌다는 점이었다. 옷까지도 도자기였고, 다들 너무 작아서 가장 키가 큰 사람도 도로시의 무릎에 못 미쳤다.

처음에는 아무도 여행자들을 발견하지 못했다. 머리통이 유독 큰 보랏빛 도자기 개만 그들을 알아차렸다. 개는 벽 쪽으로 나왔다가 그들에게 작은 소리로 짖었고, 나중에는 다시 달아났다.

"어떻게 내려가지?"

도로시가 물었다.

사다리가 너무 무거워서 끌어올릴 수가 없었다. 그래서 허수아비
가 벽 아래로 훌쩍 뛰어내리고, 나머지 일행은 허수아비 위로 떨어
졌다. 덕분에 바닥이 단단했지만 아무도 발을 다치지 않았다. 물론
그들은 허수아비의 머리에 부딪치지 않으려고 애썼다. 발에 핀이
박히면 곤란하니까. 모두 안전하게 내려서자 친구들이 허수아비를
일으켰다. 그의 몸이 평편해졌으므로 지푸라기를 두드려서 원래대
로 모양을 잡아야 했다.

"우린 저쪽으로 가려면 이 이상한 곳을 지나가야 해. 정남쪽 아닌
다른 길로 가는 건 현명한 일이 못되니까."

도로시가 말했다.

일행은 도자기 사람들의 나라를 걷기 시작했다. 그들이 처음 만
난 것은 도자기 소의 젖을 짜는 도자기 아가씨였다. 그들이 다가가
자 놀란 젖소가 갑자기 발길질을 했고, 그 바람에 의자와 우유통이
뒤집혔다. 젖 짜는 아가씨까지도 발길질을 당해 모두 요란한 소리
를 내며 도자기 바닥에 자빠졌다.

젖소의 다리가 부러진 것을 보고 도로시는 큰 충격을 받았다. 우
유통은 여러 조각으로 깨졌고, 가여운 젖 짜는 아가씨는 왼쪽 팔꿈
치가 깨졌다.

     The Wonderful Wizard of OZ

젖 짜는 아가씨가 화가 나서 쏘아붙였다.

"이것 봐요! 당신들이 무슨 짓을 했나 보라고요! 내 소의 왼쪽 다리가 부러졌으니, 공방에 가져가서 다시 풀로 붙여야 되게 생겼다고요. 여기는 뭐하러 와서 내 소를 겁먹게 하는 거예요?"

"정말 미안해요. 제발 우리를 용서해줘요."

도로시가 사정했다.

하지만 예쁜 아가씨는 너무 화가 나서 대답도 하지 않았다. 그녀는 심통을 부리며 부러진 다리를 집더니 소를 데리고 갔고, 가여운 소는 세 발로 절뚝이며 걸었다. 젖 짜는 아가씨는 그들을 두고 가면서 조심성 없는 이방인들을 어깨 너머로 흘끔댔다. 그녀는 깨진 팔꿈치를 옆구리에 꼭 붙이고 걸었다.

도로시는 이 사고 때문에 무척 속상했다.

마음이 친절한 나무꾼이 말했다.

"여기서는 아주 조심해야겠는걸. 자칫 우리가 이 예쁜 사람들을 회복도 못할 만큼 크게 다치게 하고 말겠어."

조금 더 가다가 도로시는 비할 데 없이 아름다운 차림의 공주를 만났다. 공주는 이방인들을 보고 우뚝 멈추더니 달아나기 시작했다.

도로시는 공주를 더 보고 싶어서 뒤쫓아갔지만, 도자기 공주가 외쳤다.

"날 따라오지 마세요! 쫓아오지 말라고요!"

공주가 겁먹은 소리로 작게 말하자 도로시는 걸음을 멈추고 말했다.

"왜 그래요?"

공주도 거리를 두고 멈춘 다음 대답했다.

"달아나다가 넘어지면 깨지니까요."

"그럼 고칠 수는 없나요?"

도로시가 물었다.

공주가 대답했다.

"아, 그래도 되지요. 하지만 손을 보면 별로 예쁘지 않잖아요."

"그렇겠네요."

도로시가 말했다.

도자기 공주가 말했다.

"저기 우리 광대 중 한 명인 조커 씨가 오는군요. 조커 씨는 언제나 물구나무를 서려고 해요. 워낙 자주 깨져서 백 군데쯤 수선을 받은 탓에 하나도 예쁘지 않아요. 저기 그가 오니까 직접 확인할 수 있겠네요."

곧 쾌활한 작은 어릿광대가 그들을 향해 다가왔다. 도로시는 그가 예쁜 빨간색, 노란색, 초록색 옷을 입었지만 온몸에 금이 있음을 알 수 있었다. 여기저기 금이 있어서 여러 곳을 수리받았다는 게 훤히 드러났다.

어릿광대는 양손을 주머니에 넣고, 볼을 잔뜩 부풀린 후 일행을 향해 고개를 끄덕이고는 쾌활하게 말했다.

    The Wonderful Wizard of OZ

"아름다운 아가씨,

가여운 늙은 조커를 왜 보시나요?

부지깽이라도 먹은 것처럼

몸이 뻣뻣하고 새침하군요."

"조용히 하세요! 모르는 분들이잖아요. 예의를 갖춰 대접해야 되는 걸 모르겠어요?"

공주가 말했다.

"저기, 그게 예의지요. 그렇게 생각하는데요."

어릿광대가 말하고는 얼른 물구나무서기를 했다.

"조커 씨한테 신경 쓰지 마세요. 머리가 심하게 깨져서 바보처럼 굴거든요."

공주가 도로시에게 말했다.

도로시가 대답했다.

"아, 저분은 신경 안 써요. 하지만 당신은 너무도 아름답네요. 당신을 정말 사랑하게 될 것 같아요. 제가 캔자스로 데려가서 엠 숙모네 벽난로 선반에 놔두면 안 될까요? 바구니에 담아가면 되는데."

"그러면 난 몹시 불행할 거예요. 보다시피 여기 우리나라에서 우린, 만족스럽게 살면서 마음대로 말하고 움직일 수 있어요. 하지만 어디든 다른 곳으로 옮겨지면, 당장 관절이 굳어서 똑바로 서서 예쁘게 보이는 것밖에 못해요. 물론 우리를 벽난로 선반, 옷장, 화장

대에 놓을 때는 그걸 기대하겠지만, 우리의 삶은 이곳에서 훨씬 즐겁답니다."

"절대로 당신을 불행하게 만들지 않을게요. 그러니 작별 인사를 해야겠네요."

도로시가 말했다.

"잘 가요."

공주가 대답했다.

일행은 조심스럽게 도자기 나라를 지나갔다. 작은 동물들과 사람들은 이방인들이 자신들을 부술까봐 기겁하며 비켜 섰다. 한 시간 정도 걸어가자 도자기 나라의 반대편 끝에 도달했고, 다시 도자기 벽을 만나게 되었다.

하지만 앞서 넘어온 벽처럼 높지는 않아서, 일행은 사자의 등을 딛고 담의 꼭대기에 올라갈 수 있었다. 일행이 모두 올라선 후 사자가 다리를 모으고 벽으로 뛰어 올랐는데, 그 순간 사자의 꼬리가 도자기 교회를 뒤집어엎었고 교회는 산산조각 났다.

도로시가 말했다.

"교회를 부수다니 안타까워. 그래도 작은 사람들에게 젖소의 다리와 교회를 부순 것 이상의 해는 끼치지 않아서 다행이야. 모두 너무 깨지기 쉬우니 말이지!"

"정말 그래! 내가 지푸라기로 만들어져서 쉽게 다치지 않는다는 사실이 고마울 따름이야. 세상에는 허수아비가 되는 것보다 더 나쁜 일이 있네."

허수아비가 말했다.

 The Wonderful Wizard of OZ

제 21 장

사자, 맹수의 왕이 되다

The Lion Becomes the King of Beasts

도자기 벽을 넘은 일행은 불쾌한 지역을 지나게 되었다. 사방이 수렁과 습지이고, 악취 나는 풀이 높이 자라나 있었다. 걸을 때마다 발이 진흙탕에 푹푹 빠졌다. 풀이 너무 빽빽해서 앞이 잘 보이지 않은 탓이었다. 도로시와 친구들은 조심조심 풀숲을 헤쳐가면서 최대한 안전하게 걸었고, 마침내 단단한 땅을 밟을 수 있었다. 하지만 그곳은 지금까지 지나온 어느 곳보다 거칠고 황량했다. 덤불을 헤치며 한참동안 지루하게 걸은 후에 또 다른 숲에 들어섰다. 이곳에는 여태까지 본 것 중 가장 크고 늙은 나무들이 자라고 있었다.

"정말 흠잡을 데 없이 상쾌한 숲인걸! 이렇게 아름다운 곳은 처음이야."

사자가 신이 나서 주위를 돌아보며 말했다.

"음산해 보이는데."

허수아비가 말했다.

"전혀 그렇지 않아. 나는 평생 여기서 살고 싶은걸. 발에 밟히는 마른 잎이 얼마나 부드러운지 봐. 이 늙은 나무들에 붙은 이끼가 얼마나 푸른지 보라고. 어떤 맹수도 이보다 더 쾌적한 집을 바랄 순 없을 거야."

"아마 이 숲에도 맹수들이 있을 거야."

도로시가 말했다.

사자가 대답했다.

"그렇겠지. 하지만 근처에서는 안 보이는데."

숲을 걷다 보니 너무 어두워서 더 들어갈 수 없는 곳에 이르렀다. 도로시와 토토, 사자는 누워서 잤고, 평소처럼 나무꾼과 허수아비가 그들을 지켰다.

아침이 되자 일행은 다시 여행을 시작했다. 얼마 안 가서 나지막이 으르렁대는 소리가 났다. 야생동물 여럿이 으르렁거리는 소리였다. 토토가 약간 낑낑댔지만, 나머지는 겁먹지 않고 잘 닦인 오솔길을 따라 걸었다. 마침내 일행은 숲의 빈터에 도착했다. 그곳에 온갖 종류의 동물 수백 마리가 모여 있었다. 호랑이, 코끼리, 곰, 늑대, 여우 할 것 없이 동물이란 동물은 다 있었고, 순간 도로시는 겁이 났다. 하지만 사자가 도로시에게 동물들이 회의를 하고 있다고 설명

     The Wonderful Wizard of OZ

해주었다. 으르렁대고 포효하는 소리로 봐서 동물들이 큰일을 당한 것 같다고 했다.

말하는 동안 동물 몇몇이 사자를 발견했고, 곧 마법이라도 부린 듯 다들 조용해졌다. 호랑이 중에서도 가장 큰 호랑이가 사자에게 다가와서 절을 하고 말했다.

"환영합니다, 동물의 왕이시여! 때맞춰 와주셨군요. 우리의 적과 싸워 숲의 모든 동물들에게 다시 한 번 평화를 가져다주시겠지요."

"무슨 일이 생겼지?"

사자가 조용히 물었다.

호랑이가 대답했다.

"저희 모두는 사나운 적에게 위협받고 있습니다. 놈은 최근에 이 숲에 들어왔지요. 비할 데 없이 덩치가 큰 괴물로, 거대한 거미 같습니다. 몸집은 코끼리만 하고, 다리는 나무만큼 깁니다. 여덟 개나 되는 긴 다리로 숲을 기어 다니면서 다리로 동물을 잡아 입으로 가져가서는 거미가 파리를 먹듯 꿀꺽 삼킵니다. 이 사나운 놈이 살아 있는 한 저희는 모두 안전하지 않습니다. 그래서 우리를 지킬 방도를 결정하려고 회의를 열었는데, 당신이 나타난 겁니다."

사자는 잠시 생각에 잠겼다.

"이 숲에 다른 사자가 있느냐?"

그가 물었다.

"없습니다. 전에는 있었지만, 괴물이 다 먹어버렸습니다. 게다가 그 사자들은 당신처럼 크고 용감하지 않았지요."

"내가 너희의 적을 물리치면, 너희는 내게 머리를 숙이고 '숲의 왕'으로서 복종하겠느냐?"

사자가 물었다.

"기꺼이 그러겠습니다."

호랑이가 대답했다. 나머지 동물들도 큰 소리로 포효하며 말했다.

"그렇게 하겠습니다!"

사자가 물었다.

"이 거대한 거미는 지금 어디 있지?"

"저기 참나무들 사이에 있습니다."

호랑이가 앞발로 가리켜 보였다.

사자가 말했다.

"여기 내 친구들을 잘 보살펴다오. 그러면 당장 가서 괴물과 싸우겠다."

그는 일행에게 작별 인사를 하고, 적과 싸움을 벌이러 당당하게 걸어갔다.

사자가 가보니 거대한 거미는 자고 있었다. 어찌나 흉측한 모습이던지 사자는 메스꺼워서 얼굴을 돌렸다. 호랑이가 이야기한 대로 다리가 길었고, 몸에는 뻣뻣한 검은 털이 덮여 있었다. 큰 입에는 30센티미터쯤 되는 뾰족한 이빨이 나 있었다. 하지만 땅딸막한 몸통과 머리통을 잇는 목은 말벌의 허리처럼 가늘었다. 이것을 본 사자는 괴물을 공격할 최선의 방법을 눈치 챘다. 그는 괴물이 깨어 있을 때보다 잠들었을 때 싸우는 게 수월하다는 것을 알았으므로, 훌쩍 뛰어서 그의 등에 올라탔다. 사자가 날카로운 발톱으로 무장된 육중한 앞발을 휘두르니, 거미의 머리가 몸에서 떨어져 나갔다. 사자는 밑으로 내려와서 거미를 지켜보았다. 긴 다리가 꿈틀대는 것을 멈추자, 사자는 적이 죽었다는 것을 알았다.

사자는 숲의 동물들이 기다리는 빈터로 돌아가서 으스대며 말했다.

"더 이상 두려워할 필요 없다."

그러자 동물들은 사자를 왕으로 삼아 절했다. 사자는 도로시가 캔자스로 가는 안전한 길을 찾는 대로 돌아와서 그들을 다스리겠다고 약속했다.

제 22 장

쿼들링 나라

The Country of the Quadlings

네 여행자는 무사히 나머지 숲길을 지났다. 어두운 숲을 벗어나니 곧 가파른 언덕이 나타났다. 언덕은 꼭대기부터 바닥까지 엄청나게 많은 바위로 뒤덮여 있었다.

허수아비가 말했다.

"올라가기 힘들겠지만, 그래도 우린 언덕을 넘어야 해."

그가 가장 앞서 걸었고, 나머지 일행이 뒤를 따랐다. 그들이 첫 번째 바위에 다다랐을 때, 거친 목소리가 울렸다.

"물러서!"

"누구세요?"

허수아비가 물었다. 그러자 바위 위로 웬 머리 하나가 불쑥 나타나더니 좀 전의 목소리가 다시 들렸다.

"이 언덕은 우리 것이고, 우리는 누구도 지나가게 허락하지 않는다.”

“하지만 꼭 지나가야만 해요. 우린 쿼들링 나라로 가고 있어요.”

허수아비가 말했다.

“하지만 너희는 갈 수 없다!”

목소리가 허수아비에게 답했다. 곧 바위 뒤에서 이상한 사내가 나타났는데, 일행은 그렇게 이상하게 생긴 사람은 처음 보았다.

남자는 키가 아주 작고 몸이 단단했다. 커다란 머리는 정수리 부분이 평평했고, 주름이 자글자글한 두꺼운 목이 그것을 떠받치고 있었다. 하지만 그에겐 팔이라 할 만한 게 전혀 없었다. 이것을 발견한 허수아비는 이 무력한 사람이 겁나지 않았고, 일행이 언덕에 오르는 것을 막지 못할 거라 생각했다.

“당신이 바라는 대로 하지 못해서 미안하지만, 당신이 좋든 싫든 우리는 언덕을 넘어가야 해요.”

그렇게 말하고 허수아비는 호기롭게 앞으로 나아갔다.

순간 번개가 치듯 사내의 머리가 튀어나오면서 목이 머리 하나 길이만큼 쭉 늘어났다. 그리고 그 납작한 머리가 허수아비의 몸통을 들이받았다. 허수아비는 그대로 언덕 아래까지 데굴데굴 굴렀다. 머리는 튀어나올 때처럼 순식간에 몸으로 쑥 들어가버렸다. 사내는 거칠게 웃으며 말했다.

“생각처럼 쉽지는 않을걸!”

다른 바위들 뒤에서 뽐내는 듯한 웃음소리가 합창처럼 터져나왔

     The Wonderful Wizard of OZ

다. 도로시는 비탈길에 도사리고 있는 수백의 팔 없는 망치 머리들을 발견했다. 바위마다 머리가 하나씩 나타났다.

그들이 허수아비가 당한 재난을 보고 웃어대자 사자는 화가 치밀었다. 사자는 우레와 같은 큰 소리로 포효하며 언덕 위로 내달렸다.

이번에도 머리가 재빨리 솟구쳤고, 거대한 사자는 포탄이라도 맞은 듯 언덕에서 굴러 떨어졌다.

도로시가 언덕 아래로 달려가서 허수아비를 부축해 일으켰다. 사자는 맞은 곳이 멍들고 쑤시는 것을 느끼며 도로시에게 다가와 말했다.

"저 머리를 발사하는 사람들이랑은 싸워봤자 소용없겠어. 아무도 저들을 견뎌내지 못할걸."

"그럼 어떻게 하지?"

소녀가 물었다.

양철 나무꾼이 말했다.

"날개 달린 원숭이를 불러봐. 아직 한 번 더 명령할 권리가 남아 있잖아."

"좋은 생각이야."

도로시는 나무꾼에게 대답하고, 황금 모자를 쓴 후 마법 주문을 외웠다. 평소처럼 금세 원숭이들이 나타났고, 곧 원숭이 무리 전체가 도로시 앞에 모였다.

원숭이들의 왕이 공손히 절하고 물었다.

"무엇을 명령하시렵니까?"

"우리를 언덕 너머 쿼들링 나라에 데려다줘."

도로시가 대답했다.

"그렇게 하겠습니다."

원숭이 왕이 말했다. 곧 날개 달린 원숭이들은 네 여행자와 토토를 품에 안고 하늘로 날아올랐다. 그들이 언덕 위를 지나갈 때, 망치 머리들이 화가 나서 소리를 지르며 공중으로 솟구쳤지만 날개 달린 원숭이들에게 닿지는 못했다. 원숭이들은 도로시와 친구들을 안고 안전하게 언덕을 넘어, 아름다운 쿼들링 나라에 내려 주었다.

원숭이 왕이 도로시에게 말했다.

"이번이 저희를 부를 수 있는 마지막 기회였습니다. 안녕히 가십시오. 행운을 빕니다."

"잘 가, 정말 고마워."

도로시가 말했다. 원숭이들이 공중으로 올라가더니 눈 깜빡할 새에 사라졌다.

쿼들링 나라는 풍요롭고 행복해 보였다. 끝없이 펼쳐진 들판에는 곡식이 무르익고, 들판 사이의 길은 잘 닦여 있었다. 여기저기 예쁘장한 강이 흐르고, 강 위에는 튼튼한 다리가 놓여 있었다. 윙키들의 나라가 노란색으로, 뭉크킨들의 나라가 파란색으로 칠해졌던 반면 이곳은 담장, 집, 다리 할 것 없이 모두 밝은 빨간색으로 칠해져 있었다. 땅딸막한 쿼들링들은 통통한 몸집에 성격이 좋아 보였다. 모

     The Wonderful Wizard of OZ

두 빨간색 옷을 입었는데, 초록색 풀밭, 노랗게 익은 곡식과 대조되어 더 선명하게 보였다.

원숭이들이 일행을 내려준 곳은 한 농가 근처였다. 그들이 집 앞으로 걸어가 문을 두드리니 농부의 아내가 문을 열었다. 도로시가 그녀에게 먹을 것을 부탁하자 아낙네는 훌륭한 저녁 식사를 대접해 주었다. 세 종류의 케이크와 네 종류의 쿠키, 토토가 먹을 우유 그릇까지 차려주었다.

도로시가 물었다.

"글린다의 성은 얼마나 남았나요?"

"그다지 멀지 않단다. 남쪽으로 가는 길을 따라가면 곧 도착하게 될 거야."

농부의 부인이 대답했다.

일행은 맘씨 좋은 아낙에게 고맙다고 인사하고, 다시 길을 떠났다. 들판 옆을 지나 예쁜 다리들을 건너자 퍽 아름다운 성이 나타났다. 금색 술이 달린 멋진 제복 차림의 세 아가씨가 성문을 지키고 있었다. 도로시가 그들에게 다가갔을 때 한 아가씨가 말을 건넸다.

"남쪽 나라에는 왜 왔나요?"

"이곳을 다스리는 착한 마녀를 만나려고요. 저를 마녀님께 데려다 주겠어요?"

도로시가 물었다.

"우선 이름을 말해줘요. 만나주실지 글린다 님께 여쭤볼게요."

일행이 자신들의 이름을 알려주자 소녀 병사가 성으로 들어갔다. 잠시 후 그녀가 돌아와서 도로시와 친구들에게 당장 들어가도 좋다고 말해주었다.

제 23 장

선한 마녀, 도로시의 소원을 들어주다

The Good Witch Grants Dorothy's Wish

글린다를 만나러 가기 전, 일행은 성의 어느 방으로 안내되었다. 거기서 도로시는 세수를 하고 머리를 빗었다. 사자는 갈기의 먼지를 털어냈고, 허수아비는 가장 보기 좋은 모습으로 매무새를 가다듬었다. 나무꾼은 양철을 닦아 윤내고 이음새에 기름칠을 했다.

모두들 단정하게 차림새를 정리한 후 병사 아가씨를 따라서 큰 방으로 갔다. 마녀 글린다가 루비 왕좌에 앉아 있었다.

일행이 보기에 그녀는 아름답고 젊었다. 탐스러운 빨간 머리가 굽슬굽슬하게 어깨까지 드리워져 있었다. 순백의 드레스를 입고 있었고, 눈은 푸른색이었다. 그녀는 어린 소녀를 상냥한 눈빛으로 바라보았다.

"내가 무엇을 해주면 좋겠니, 아가?"

글린다가 물었다.

도로시는 마녀에게 그간의 사정을 털어놓았다. 회오리바람에 실려 캔자스에서 오즈의 나라로 오게 된 경위와 친구들을 만나게 된 일들, 그리고 함께 멋진 모험을 한 이야기까지.

"이제 제 가장 큰 소원은 캔자스로 돌아가는 거예요. 엠 숙모는 제게 끔찍한 일이 벌어졌다고 믿고 몹시 슬퍼할 거예요. 또 올해 농사가 작년보다 잘되지 않았다면, 헨리 삼촌이 장례 비용을 감당하기는 어려울 거예요."

도로시가 덧붙였다.

글린다는 몸을 숙여서 자신을 올려다보고 있는 사랑스런 소녀의 예쁜 뺨에 입을 맞추었다.

"네 고운 마음에 축복이 있기를. 내가 캔자스로 돌아갈 방법을 알려줄 수 있을 거야."

마녀가 말을 이었다.

"한데 내가 그렇게 해주면, 대신 네 황금 모자를 내게 줘야 되겠는데."

"그럴게요! 사실 이제 제게는 쓸모도 없는걸요. 마녀님께서 모자를 가지면, 날개 달린 원숭이들에게 세 가지 명령을 내리실 수 있어요."

도로시가 대답했다.

The Wonderful Wizard of OZ

“내게 원숭이들의 마법이 세 번 필요할 것 같아서 그런단다.”

글린다가 빙그레 웃으면서 대답했다.

도로시가 황금 모자를 건네자 마녀는 허수아비를 향해 물었다.

“도로시가 떠나면 어떻게 할 작정이지?”

그가 대답했다.

“에메랄드 시로 돌아갈 겁니다. 오즈가 저를 그곳의 통치자로 삼았고, 주민들이 저를 좋아하니까요. 다만 망치 머리들의 언덕을 어떻게 넘을지 걱정입니다.”

“황금 모자를 이용해서 내가 날개 달린 원숭이들에게 그대를 에메랄드 시의 문까지 데려다주라고 명령하겠다. 그곳 주민들에게서 훌륭한 통치자를 빼앗는 것은 유감스런 일이니까.”

글린다가 말했다.

“제가 정말로 훌륭한가요?”

허수아비가 물었다.

“그래. 아주 남다르지.”

글린다가 대답했다.

그녀가 양철 나무꾼에게 고개를 돌리고 물었다.

“도로시가 이 나라를 떠나면 그대는 어떻게 할 셈인가?”

나무꾼은 도끼에 몸을 기대고 잠시 생각에 잠겼다가 입을 열었다.

“윙키들이 나한테 굉장히 친절했고, 악한 마녀가 죽은 후에는 내가 그들을 다스려주길 바랐어요. 나도 윙키들을 좋아하니, 다시 서쪽 나라에 돌아간다면 그들을 영원히 다스리고 싶습니다."

"두 번째 명령으로, 날개 달린 원숭이들에게 그대를 윙키 나라로 안전하게 데려다주라고 하겠다. 그대의 뇌는 허수아비처럼 커 보이지는 않을지 몰라도, 그대는 —윤을 잘 내면— 허수아비보다 훨씬 똑똑하다. 나는 그대가 윙키들을 현명하게 잘 다스리리라 믿는다."

그러더니 마녀는 덩치가 크고 털이 부스스한 사자를 보면서 물었다.

"도로시가 자기 집으로 돌아가면, 너는 어쩔 셈이지?"

사자가 대답했다.

"망치 머리들의 언덕 너머에 엄청나게 오래된 숲이 있어요. 거기 사는 동물들 모두 내가 왕이 되어주길 바라죠. 그 숲으로 돌아갈 수 있다면, 평생 그곳에서 아주 행복하게 지낼 거예요."

"날개 달린 원숭이들에게 세 번째 명령으로, 너를 네 숲에 데려다주라고 하겠다. 이젠 황금 모자의 마법을 다 썼으니, 모자를 원숭이들의 왕에게 돌려주어야겠군. 그러면 원숭이 왕과 무리들은 그 후로 영원토록 자유로워질 것이다."

글린다가 말했다.

허수아비, 양철 나무꾼, 사자는 마녀의 친절에 고마움을 표했다. 곧이어 도로시가 외쳤다.

"당신은 아름다운 것만큼이나 마음도 착한 분이군요! 하지만 제가 어떻게 캔자스로 돌아갈 수 있는지는 아직 말씀해주시지 않았어

     The Wonderful Wizard of OZ

요."

"네 은 구두가 사막을 넘게 해줄 거야. 은 구두의 마법을 알았더라면, 이 나라에 온 그날로 엠 숙모에게 돌아갈 수 있었을 텐데."

"하지만 그랬다면 나는 근사한 뇌를 얻지 못했을 거예요! 농부의 옥수수 밭에서 평생 살았을 거고요."

허수아비가 소리쳤다.

"그리고 나도 멋진 심장을 얻지 못했을 거예요. 어쩌면 세상이 끝나는 날까지 숲에서 녹슨 채 서 있었을지도 몰라요."

양철 나무꾼이 말했다.

그러자 사자가 말했다.

"또 나는 영원토록 겁쟁이 사자로 살았을 테지요. 숲 속에 사는 어떤 동물도 나에게 좋은 말을 건네지 않았을 거고요."

"다 맞는 말이네요. 전 좋은 친구들에게 도움이 되어서 다행스러워요. 하지만 이제 친구들은 각자 가장 원하는 것을 얻었고, 다스릴 왕국까지 생겨 행복하니까 저는 캔자스로 돌아가고 싶어요."

도로시가 말했다.

착한 마녀가 말했다.

"은 구두에는 엄청난 능력이 있어. 세 걸음 만에 너를 세상 어느 곳이든 데려다 줄 수 있다는 것이 구두의 가장 진기한 능력이지. 구두 굽을 세 번 땅에 두드린 후 가고 싶은 곳으로 데려가 달라고 명령하기만 하면 돼."

"그러면 구두에게 당장 캔자스로 데려가 달라고 부탁할래요."

소녀가 기뻐하며 말했다.

도로시는 사자의 목을 끌어안고 입을 맞추고 나서 그의 커다란 머리를 다정히 쓰다듬었다. 이어서 관절이 위험할 정도로 흐느끼고 있는 양철 나무꾼에게 입 맞추었다. 하지만 허수아비에게는 물감으로 그린 얼굴에 입을 맞추는 대신 짚이 든 푹신한 몸을 끌어안았다. 사랑하는 친구들과 슬픈 이별을 하자니 소녀는 자기도 모르게 울음이 나왔다.

착한 마녀 글린다는 루비 왕좌에서 내려와 소녀에게 입을 맞추며 작별 인사를 했고, 도로시는 자신과 친구들에게 베풀어준 친절에 감사했다.

마침내 도로시는 토토를 조심스럽게 품에 안고, 마지막으로 작별 인사를 한 후, 구두 굽을 세 번 땅에 부딪치며 말했다.

"나를 엠 숙모에게 데려다줘!"

＊　＊　＊　＊

곧 도로시는 빙빙 돌며 공중으로 솟아올랐다. 몸이 워낙 빨리 움직여서 눈앞에 보이거나 느껴지는 것은 귓가에 부딪치는 바람뿐이었다.

은 구두는 딱 세 걸음을 걸었고, 갑자기 멈추는 바람에 도로시는 풀밭에서 몇 차례 구른 후에야 자신이 어디에 있는지 알아차릴 수 있었다.

이윽고 도로시는 일어나 앉아서 주위를 둘러보았다.

"어머나!"

소녀가 외쳤다.

도로시는 드넓은 캔자스 초원에 앉아 있었고, 바로 앞에는 회오리바람에 전에 살던 집이 날아간 뒤 헨리 아저씨가 새로 지은 집이 있었다. 삼촌은 헛간에서 소젖을 짜고 있었다. 토토는 도로시의 품에서 빠져나와 즐겁게 짖으면서 헛간 쪽으로 뛰어갔다.

도로시는 일어나다가 신발을 신고 있지 않다는 것을 알았다. 하늘을 날면서 은 구두가 벗겨졌고, 도로시는 구두를 사막 어딘가에서 영영 잃어버리고 말았다.

제 24 장

다시 집으로

Home Again

엠 숙모는 배추밭에 물을 주려고 집을 나서다가 고개를 들었고,
순간 자신의 눈앞으로 달려오는 도로시를 발견했다.

"아가!"

그녀는 소리치며 조카를 품에 안고 얼굴에 입맞춤을 퍼부었다.
엠 숙모가 물었다.

"도대체 어디 갔다 왔니?"

도로시는 침울하게 대답했다.

"오즈의 나라에요. 그리고 여기 토토도 왔어요. 아, 숙모! 집에 다
시 돌아와서 정말로 기뻐요!"

오즈의 마법사

지은이 | L. 프랭크 바움
옮긴이 | 공경희
펴낸이 | 양숙진

초판 1쇄 펴낸날 | 2011년 11월 30일

펴낸곳 | ㈜현대문학
등록번호 | 제1-452호
주소 | 137-905 서울시 서초구 잠원동 41-10
전화 | 2017-0280
팩스 | 516-5433
홈페이지 www.hdmh.co.kr

ISBN 978-89-7275-569-2 04840
ISBN 978-89-7275-563-0 (세트)

* 책값은 뒤표지에 있습니다.